有我为你守护

申冰——
著

中国财富出版社有限公司

图书在版编目（CIP）数据

有我为你守护／申冰著. --北京：中国财富出版社有限公司，2025.6. --ISBN 978 -7 - 5047 - 8395 - 0

Ⅰ. I247. 5

中国国家版本馆 CIP 数据核字第 20250JX617 号

策划编辑	朱亚宁	**责任编辑**	王　君	**版权编辑**	武　玥
责任印制	尚立业	**责任校对**	庞冰心	**责任发行**	杨恩磊

出版发行	中国财富出版社有限公司		
社　　址	北京市丰台区南四环西路 188 号 5 区 20 楼	**邮政编码**	100070
电　　话	010 - 52227588 转 2098（发行部）	010 - 52227588 转 321（总编室）	
	010 - 52227566（24 小时读者服务）	010 - 52227588 转 305（质检部）	
网　　址	http://www.cfpress.com.cn	**排　　版**	宝蕾元
经　　销	新华书店	**印　　刷**	宝蕾元仁浩（天津）印刷有限公司
书　　号	ISBN 978 - 7 - 5047 - 8395 - 0 / I · 0388		
开　　本	880mm×1230mm　1/32	**版　　次**	2025 年 6 月第 1 版
印　　张	6. 25	**印　　次**	2025 年 6 月第 1 次印刷
字　　数	130 千字	**定　　价**	42. 00 元

目　录

故事该从哪里说起呢？那就从第一次的相遇开始吧。那时，我还不知道直播间里会有一场巨大的阴谋悄然酝酿……

1

你的名字

"梅姐，你昨天没来，昨天二博和一个大主播对决（PK），那个大主播可帅了，我录屏了，你看……"

梅花敷着面膜，穿着睡衣坐在电脑桌前，喝了一口杯子里的脱脂牛奶，读着直播间私信列表里桂圆儿发来的消息，打开桂圆儿发来的录屏视频。映入眼帘的是直播间的两个男主播 PK 的画面。左侧是梅花很熟悉的跑龙套演员二博，右侧则是桂圆儿口中的大主播何胜昔。

二博输给了何胜昔，按照规则，他要跟着何胜昔跳舞。舞蹈是女生跳的那种扭腰舞。二博是那种阳光帅气的邻家大男孩，但肢体不协调，所以跳得有些笨拙；何胜昔则略显冷峻，带着几分痞气，嘴角时不时带着一丝坏笑。这种典型的山东男人形象，驾驭这种扭腰舞竟然毫无违和感。看到两个不同风格的帅哥尬舞，直播间评论区瞬间炸开了锅。二博的女粉丝们第一次见他跳舞，纷纷刷屏比心，其间也夹杂着说何胜昔好帅的评论。

"梅姐，你今天有时间来看二博的直播吗?"桂圆儿继续问着。

"有，我去。"

"那二博肯定高兴死了! 你前几天没来，二博天天输，都不高兴了……"

梅花撕下面膜，塞了一口全麦面包片，嘴角露出一丝坏笑。

下午，二博准时开播，梅花点进了直播间。二博还是个小主播，关注人数不足两千人，直播间实际在线人数也就二十人左右。与何胜昔那种拥有百万粉丝的大主播不同，二博只能靠自己所谓的龙套明星光环吸引一些没见过世面的年轻小粉丝，没什么吸引粉丝刷礼物的能力。看到梅花进入直播间，二博格外高兴。梅花爷爷去世后给她留下了一大笔遗产，她有能力每次都给二博刷礼物，二博也因此把梅花视作"金主"一般的存在。

二博接连进行了几场 PK，在梅花的帮助下，他都赢了。

二博得意地抖了抖肩膀，随后点开了与何胜昔的连线。只见何胜昔的脸上画着好几只小乌龟。

二博大笑："胜昔，你这是怎么弄的？"

何胜昔冷笑了一下："看不出来吗？输了的惩罚。"

二博小人得志地说："那怎么这么多只乌龟呢？"

何胜昔又冷笑了一下："因为连着输了好几次。"他不想再纠缠下去，直奔主题："你连我干啥？"

"PK呗，上次不是输给你了嘛，这次带着条件来的，输了在脸上写对方榜一的名字。"二博说道。

"好啊，开始吧！闭麦。"何胜昔干脆利落，不给二博做作的机会。

三分钟的PK时间内，二博的小粉丝们只贡献了一些小额礼物。接近结尾时，二博一直狂喊："家人们，守塔了，注意守塔了……梅姐你在吗？在吗？"

梅花在评论区打出一个字："在。"在最后几秒钟，她甩出了一个价值几千元的城堡，帮助二博赢了何胜昔。二博瞬间松了口气。

"接受惩罚吧！"二博语气里带着一丝得意。

何胜昔拿起笔："榜一叫什么？"

二博绕口地念着："金吧啦银吧啦不如不如铜吧啦。"

"啥？这是啥名啊？"何胜昔边吐槽边写，由于字数太多，他写得满脸都是字。

"这大主播也有不行的时候啊!"二博得寸进尺。

"好了,写完了,走了。"何胜昔不恋战,直接挂断了连线。

评论区都在刷屏:"二博赢了大主播……"

自梅花帮二博赢了那次 PK 后,二博每天都会像定时打卡似的给她问候早安和晚安。梅花心里明白,这是二博维护粉丝的手段。虽然这种手段很寻常,但梅花刚经历分手,正处于空窗期,有这么个人来解闷,正好可以打发无聊的时间。但梅花并不会每天都去看二博的直播,也会偶尔刷一下其他人的直播间。网络世界之大,什么样的人都有:有扮演黑白无常的,有五六十岁身材似球却还跳热舞的阿姨,有聋哑的美女姐姐,也有靠低俗内容吸引眼球的主播,当然更多的是才艺主播、情感主播和颜值主播。

梅花刷着刷着,一张熟悉的面孔出现在手机屏幕上——何胜昔。

梅花点进了何胜昔的直播间,发现里面不到二十个人,一点也不像个拥有百万粉丝的大主播的直播间。

"这么少的人?"梅花在评论区打出这句话。

何胜昔看到后,冷冷地回答:"最近很'凉'。"

梅花见直播间确实冷清,没人说话,所以继续说道:"我之前在二博的直播间见过你们 PK。"

"哦，是吗?"何胜昔看似在问，但语气像是在回答。

"对，当时你输了，还在脸上写上了我的名字。"梅花想起当时满脸是字的何胜昔，忍不住笑了一下。

何胜昔看到梅花的网名，突然想起来那天的 PK："哦!我想起来了，我记得你，你的名字也太长了，写了我满脸。"

梅花看到这里，在评论区打出一排笑出眼泪的表情。

"今天二博没直播吗?"何胜昔问道。

"没有。"

正说着，何胜昔接到了一个 PK 请求。对方叫郭 88，是个唱歌的男主播，长了一张憨帅的脸。

"过程怎么玩?"郭 88 忽闪着大眼睛问道。

"过程不玩了。"何胜昔干脆利落地说。

"那输了罚什么?"

"一百个蹲起。来，闭麦吧!"

梅花头一次见这么快就进入 PK 状态的。二博每次都要和对方磨叽好久，又是闲侃，又是试探对方的实力。

"这就开始了?"梅花在评论区打出疑问。

"对啊，这就开始了。"何胜昔不冷不淡地回答。

"你直播间没啥人说话呢?"梅花继续发出疑问。

"嗯，他们都不说话。"

"不会都是机器人吧?"梅花打完这句话，直播间终于有个叫小蝴蝶的开口了："欢迎点点关注，加下粉丝团。"

梅花只好配合，加关注，点亮粉丝灯牌。眼看 PK 快结束了，何胜昔的票数少得可怜，对面的郭 88 一副胜券在握的模样。何胜昔完全不在意，一边玩着电脑，一边等着 PK 时间结束。时间一到，他直接起身，准备接受惩罚。

郭 88 在那边张牙舞爪地比画着，何胜昔这才打开麦克风："怎么了？"

"哥们，你看着点啊！我输了，我接受惩罚，你不用！你这也太积极了！"郭 88 边说边起身开始做蹲起。

何胜昔一时没反应过来，仔细盯着屏幕看了半天，才意识到原来是梅花在最后关头扔出了一架直升机的礼物，成功偷塔，让他赢了 PK。

"谢谢金吧啦银吧啦不如不如铜吧啦的礼物。"何胜昔重新坐回到椅子上。

就在这时，梅花发现自己被设置成了直播间的管理员。之前在二博的直播间里，梅花一直拒绝当管理员，因为帮忙维护粉丝秩序很麻烦，而且二博本身也有私心——他就想找几个听话好操控的小姑娘当管理员，对他来说这样更可控。

"什么情况？我怎么成管理员了？"梅花在评论区打出这句话，后面还跟着一堆问号。

"嗯。"何胜昔依旧转过头去，继续玩着电脑。

梅花都看傻了，这大主播也太拽了吧！真是开眼界了……

2
如果调换人生

半夜,一阵急促的手机铃声响起。"竟然忘记静音,刚有睡意就被吵醒。"梅花无奈地看了眼手机,来电显示是好闺密杜嘉。

"大半夜的,怎么了,妹子?"梅花边打哈欠边问道。

"你能来一趟吗?我胃疼得受不了了,我怕我倒了没人帮我看孩子……"杜嘉的声音听起来虚弱无力,仿佛随时会晕倒。

"你等着,我这就过去!"梅花拽了件衣服急忙跑出门。上了车,她拨通了梁欢的电话,"欢子,杜嘉病了,你快到她家帮着看孩子,我带她去医院。"

折腾了半宿,天微微亮时,梅花终于把杜嘉安顿在医院病房。她把住院单放到床头,单子上写着"急性胃出血"。杜嘉还在输液,眼神疲惫,脸色苍白。

"还好有你在。"杜嘉勉强挤出一丝微笑。

梅花长舒一口气,说道:"这回算你聪明,没硬撑。"

话音未落，病房门被轻轻推开，梁欢抱着熟睡的婴儿走了进来。

梅花急忙给梁欢让座："你怎么不在家等着呢？"

抱着婴儿的梁欢不敢大声说话："我不放心啊！怎么样了？"

"捡回一条命。"梅花笑着调侃杜嘉。

杜嘉笑过之后又叹了口气："自从离婚之后，我的生活就彻底变了。没有你们，我可能早就……早就活不下去了。"

"别瞎说，你还有孩子呢！"梁欢接过话来，语气很严肃。

"有时候我也常在想，要是没有这个孩子，是不是我现在会过得好一点？"杜嘉低声道。

梁欢继续安慰杜嘉："你可别这么想。我想有还没人跟我生呢！我连对象都找不着。我单了这么多年，我跟谁说理去啊！"

梅花若有所思地说："其实咱们三个都是彼此的参照对象。"

婴儿睡得不太踏实，动了动小嘴。梁欢小声问道："这话是什么意思？"

梅花解释道："你看我们三个，一个单身，一个离异带娃，一个离异没娃。离异没娃的我当时就想，要是有个孩子，说不定就不会离婚了，所以我和杜嘉就是对方的参照对象。可现在想想，有没孩子，该离婚的还是照样离，跟有没有孩子没关系。我看着杜嘉就知道有孩子的我会是什么样了；杜嘉看着我也就知道没孩子的她会是什么样了。你呢，一直想结婚，但以你这性格，处对象都处不长，结了婚估计也难逃我们的命运。我们就是你的参照对象。"

梁欢点头赞同："你这话说得很有道理啊！还真是这样，我们看似是三种不同的人生，但其实更像是一个人的三种选择。"

杜嘉拉起梅花的手："你这话点醒我了。当时这孩子是我执意要的，这是我的选择，我要对这个孩子负责任，以后那些话我也不会再说了。"

梁欢抢着接话："凡事有我们呢，别老想那些没用的！"

梅花也点头认可梁欢的话，三人会心一笑。这时，婴儿啼哭声响起。

"孩子醒了，是不是饿了？"梁欢示意杜嘉给孩子喂奶。

"我又是离婚又是产后抑郁的，早就回奶了。你没带奶粉来吗？"杜嘉问梁欢。

"奶粉？我不知道啊！"梁欢满脸疑惑。

孩子的哭声越来越大，屋内一阵慌乱。"我去买！"梅花拿起车钥匙，火速奔出房门……

3

养鱼吗？

从医院回到家时已是傍晚。梅花累得瘫坐在沙发上，一连串的消息提醒从手机里传来，"这又发生啥大事儿了……"梅花一边嘟囔着，一边打开手机。

原来是二博直播间的小管理员桂圆儿的信息："梅姐，我退群了，以后我再也不来了！""梅姐，你保重！""梅姐，他骂我，我气得眼睛都哭肿了！""他凭什么骂我！""我就没见过素质这么低的主播！""天蝎座的我也是要面子的……"

看来这"后宫"又出事儿了。梅花无奈地叹了口气，耐着性子问清了来龙去脉。原来，二博新来了一个给他狂刷礼物的大姐，这位大姐是做房地产的，很有钱。二博拉她进群后，房地产大姐说有其他主播私信加她，桂圆儿插了句嘴，说很多主播私聊是想让她帮忙打 PK。就是这句话让二博不高兴了，二博愤怒地警告桂圆儿，不让她在群里提 PK。

"梅姐，二博这人就是个伪君子，明明想让大家给他刷礼物打赏，还不承认，被人点破了就发飙。这人怎么这么虚伪啊! 表面一套, 背后一套, 装得跟正人君子似的, 立的人设太假了……"桂圆儿好一顿抱怨。

梅花顺势安慰着, 心里明白二博这人是挺假的。大家心知肚明的事儿还这么做作, 何必呢?

就在这时, 二博的问候短信又来了。梅花被桂圆儿的情绪影响, 回复的语气有些不耐烦: "心烦, 养鱼去一边养去!"

二博抱怨了几句也就退了。桂圆儿还是意难平, 梅花便建议她去别的直播间逛逛。桂圆儿想起了何胜昔, 拉着梅花一起去看他的直播。

"梅姐, 你是何胜昔的管理员?"桂圆儿私信问。

"嗯, 算是吧。"梅花有点尴尬。

"什么时候的事儿?"桂圆儿追问。

"无意当中的事儿……"梅花轻描淡写地说。

"梅姐, 他可真帅啊! 以后我就粉他了!"桂圆儿有点花痴。

"靠谱! 你看他又接 PK 了, 你快去看!"梅花趁机转移尴尬。

只见小蝴蝶在评论区机械性地打出那句老生常谈的话: "新来的朋友, 欢迎点点关注, 加下粉丝团。"除了这句话, 没见她说过别的, 这位不会是个机器人吧, 梅花心想。

就在这时, PK 进入尾声倒计时。桂圆儿进入角色很快, 在评论区刷着: "守塔了家人们!"

　　一个叫"小无所依"的姐姐刷了一架飞机，按理说何胜昔应该稳赢。

　　何胜昔致谢："好的，掉地上了，谢谢依姐。"说完，他干脆利索地站起来，做了一百个蹲起。礼物在最后一刻超时，不计入积分，这种不计入 PK 积分内但又刷了的礼物被称作"掉地上的礼物"。

　　蹲起做完后，何胜昔面不改色，像没事人一样。看来这惩罚对他来说已经驾轻就熟了。

　　"主播好帅，唱首歌吧！"桂圆儿在评论区犯着花痴。

　　何胜昔拿起麦克风，深情地唱了起来。

　　"这首歌叫什么？"梅花在评论区打字问。

　　"《有我为你守护》。好听吧？"何胜昔问。

　　"歌好听。"梅花打字回复。

　　"我是问我唱得好听吗？"何胜昔拿着麦克风，冷冷地说道。

　　"歌好听。"梅花又打了一遍。

　　"什么意思？我唱得不好听吗？"何胜昔有点生气。

　　梅花缓缓地打出两个字："还行。"

　　"还行？下播了！"话音未落，何胜昔直接下播。

　　梅花盯着黑屏的手机，看傻了眼："他这倔脾气，随谁呀！"

刚要把手机扔到一边，又有消息提醒。梅花心想，应该还是桂圆儿要吐槽。可点开私信的那一刻，她发现竟是何胜昔发来的消息："你微信多少，我加你。"

"啥？"梅花摸不着头脑地回复。

"快点！"对方不耐烦地催促。

"想养鱼吗？别找我！"梅花不客气地说。

"你也能当鱼？你不配。快点发过来，有事！"

梅花刚想回怼，转念一想，这人这么横肯定有什么目的。姑且看看他要耍什么把戏，要是真是泼皮无赖的话，到时候再删掉也不迟。

主意已定，梅花把微信号码发了过去。她反复查看微信，一个小时过去了，一直没有人加她。"这人……我被这人耍了！他就是想养鱼！"梅花生气地把手机扔到一边。

4
最亮的星

这场雨淅淅沥沥地下了两天，舞台桁架仍在雨中搭建。

室内休息区异常安静。

"这雨晚上能停吗?"一个女人的声音打破了平静，带着一丝担忧，是主办方的李总。

"谁知道呢!"一个男人的声音回应着，是同为主办方的刘总。

梅花凝视窗外许久，猛地从沙发上站了起来:"我要是你们，现在就立刻转移到那个有棚顶的备选区。"

李总和刘总对视了一眼，犹豫着没有说话。

梅花继续说道:"放弃室外演出的决定吧!我们不能被动地等着雨停，不能去赌。舞台演出需要的是从容。如果到晚上雨还不停，大家慌里慌张地重新搭建舞台，演员需要重新适应位置，灯光设备、音响设备全部需要重新调试，工作量太大了。我要是你们，现在就立刻把所有舞台设备果断地转移到备选区，这是最稳妥的方式。"

"这么转移场景就没法看了,演出效果怎么办?"李总问。

"我是导演,我负全责。"梅花目光坚定地说。

不到一个小时,所有工作人员冒雨把舞台设备转移到了备选区。梅花立刻给舞美、灯光师、音响师安排好工作任务。白天调试灯光和舞台效果是很难的,存在很多不可控的风险,但凭着丰富的专业经验,梅花气定神闲地指挥着现场。

晚上演出结束,呈现的最终效果异常精彩,观众全部起立鼓掌。正当李总和刘总喊导演上台致谢时,梅花早已安排好收尾工作,悄悄回到了宾馆房间。

"哎,我跟你们说,当时他们问我演出效果怎么办,我就这样回答:'我是导演,我负全责。'哎,你们说,姐们儿这气场可以吧?"视频通话那头,梁欢还在杜嘉家里帮忙照顾孩子,梅花眉飞色舞地向杜嘉和梁欢描述白天的场景。

"可以可以,这波操作你赢了!"梁欢抱着孩子接话。

"我们梅导出马,大杀四方,片甲不留!"杜嘉靠在床上笑着说。

梅花撇撇嘴:"你们两个小妮子戏过了啊,还敢再假点不?"

"你说以你的条件,何必受那个罪呢?这么苦哈哈的,图个啥?"杜嘉不解地问。

"我就是块砖,哪里需要哪里搬,你们还不知道嘛!我这该死的艺术才华，可不能被埋没……"

一阵笑声过后，仨人又闲侃了几句，便互道了晚安，挂断了电话。

梅花坐在房间窗前的椅子上。雨刚停，她打开窗，看到夜空中有很多星星。梅花很喜欢看星星，她从小就没有父母，爷爷告诉她，天上每颗星都对应着一个人，有代表爸爸妈妈的星星，有代表爷爷的星星，也有代表她自己的星星。她想当那颗最亮、最被人需要的星星，这样爸爸、妈妈、爷爷看到她的光亮就能找到她了。

想到这里，梅花哭了。

私信提示音响起。梅花抹了把眼泪，鼻子还有点抽泣声，打开手机一看，是何胜昔的私信："加你了，通过一下。"

看到这消息，梅花顿时来了精神："不行！"

"为什么？"何胜昔问。

"大哥，你说让我通过就通过啊！凭什么啊！"

"凭我需要你。"

看到这句话，梅花愣住了，像是被击中了要害，沉默许久，她打开微信通过了何胜昔的好友请求。

放下手机，回到窗前，天上有一颗星星特别亮。梅花看着那颗星星，突然笑出了声……

5

$8 \times 3 = ?$

直播间里，何胜昔连着进行随机 PK，隔着手机屏幕，梅花都能感受到一阵无聊。

一条私信传来，是二博："梅姐，你最近怎么都不来了？"

自从答应何胜昔来他直播间做管理员，梅花就没再去过二博的直播间。二博找她的目的再明显不过了——就是想让梅花去给他刷礼物。梅花对此有些反感。她一直认为，去每个主播的直播间玩、刷点礼物就像去酒吧点杯鸡尾酒付酒钱一样，是一种尊重。主播挣的就是这份钱，多少都行，关键在于心意，但像二博这种追着人要礼物的就有点过分了。

"最近比较忙，有时间会去的。"梅花敷衍地回复着。

"何胜昔在利用你，你会后悔的。"

梅花读着二博的这条信息，心想这人真是没底线了，竟然开始挑拨离间，什么下三烂手段都用上了。梅花觉得没有回复的必要，就不再理会了。

何胜昔又开始打随机 PK，对方是个"衣衫不整"的女主播。这些有点姿色的女主播不是露肩膀就是穿低胸紧身衣，说话时都是一样的嗲声嗲气。

"小姐姐，我连个男生去。"何胜昔每次随机连到这些女主播都会这样说。他觉得女主播接受惩罚时太娇气，总是推三阻四地讲条件，很没意思。

再次随机连线，"哇，帅哥，你也太帅了吧！"这回连到的还是个女主播，叫婷婷，穿得很整齐，就是长得有点胖。单从脸来看体重的话，目测一百八十斤起步。

"你好，婷婷。"何胜昔回应道。

"天哪，你竟然没挂断，他们连到我都直接挂断，你还叫我的名字……"婷婷边感动边犯花痴。

"哦……那玩点什么?"何胜昔接话。

"我是来相亲的，可以表白吗?"婷婷试探性地问。

"可以。"何胜昔面不改色地回答。

"啊……你竟然说可以！天哪！我脸都红了……"婷婷激动得语无伦次，脸红得像个大苹果，"哎呀，不行不行……你太帅了，我走了……"话音未落，婷婷就挂断了连线。

直播间里顿时冷场，桂圆儿闪进了直播间。"欢迎点点关注，加下粉丝团。"这句话是小蝴蝶发的。

桂圆儿发来私信："梅姐，二博和他那个房地产大姐闹掰了!"

原来如此,梅花心中的疑问解答了。

"梅姐快看,二博的小号,就是那个火龙果!"桂圆儿八卦着。

梅花看了一眼何胜昔的直播间,一个叫"火龙果"的潜伏在观众列表里。想起刚才他发的信息,梅花就知道他肯定没安什么好心。

"离婚的女人生日快乐!"火龙果在评论区打出这句话。

"离婚?你说谁离婚?"桂圆儿回问,"你说话呀!"

"他说不了话了。"小蝴蝶竟然开口了。

"为什么?"桂圆儿追问。

"因为小蝴蝶把他禁言了。"小无所依也出来评论。

"这是什么阵势,你们两尊大佛竟然说话了!"桂圆儿很震惊。

"他之前就来过,一顿胡言乱语,说完就跑了,没机会禁他。"小无所依回复道。

看了评论区的话,梅花大概明白了。这个二博真是让人无语,她离婚这个事从来没隐瞒过,再说哪有那么多人在意,挑事儿都挑不到点上,真笨!

一个好友PK连了过来,是郭88。

"输了罚什么?"何胜昔依旧干脆利落。

"这回玩点大的。"郭88胜券在握的模样,明显有事儿。

"你说吧。"何胜昔很淡定。

"输了的回答 10 道九九乘法表的题，答错 1 道做 20 个蹲起。"

"行，开始吧！"何胜昔直接闭麦。

桂圆儿再次回到直播间："火龙果在郭 88 那里，说要给他上票打胜昔。"

评论区开始愤愤不平。

路人甲："这是知道何胜昔没条件。"

路人乙："故意欺负人啊！"

路人丙："是有点过分了……"

就在倒计时阶段，二博用小号给郭 88 刷了两个飞机礼物。

郭 88 刚要拍手庆祝胜利，结果 PK 显示他挑战失败。积分榜显示，金吧啦银吧啦不如不如铜吧啦刷了一个嘉年华礼物。

桂圆儿在评论区评论道："梅姐给胜昔上了一个嘉年华，完胜啊！"

路人甲："我还以为对面很厉害呢！"

路人乙："守塔守得好！"

路人丙："期待惩罚……"

何胜昔开麦："第一题，7×8。"

郭 88 还在震惊中："我又输了？哎，这哥们的 PK 以后不能接了，回回输，克我克得死死的。"

"第二题，5×6 。"何胜昔继续出题。

"啥啥啥……这就第二题了？"郭88还没反应过来。

"第一题超时了，没回答算放弃。"何胜昔很冷淡。

"5×6＝30。"郭88赶忙作答。

"第三题，8×3。"何胜昔继续出题。

评论区里，桂圆儿说："8×3也太简单了，颠倒个位置还能不会答嘛！这题出得太草率了！"

路人甲："是啊，再笨也会啊！"

路人乙："草率了。"

郭88愣了半天："8……8×3＝多少？我没学过啊！家人们快救我……你确定吗……行，我家人说42。"

何胜昔扑哧一下笑出声："错了，下一题，7×5……"

只要是颠倒乘法表的位置，郭88全答错了，一共错了9道，180个蹲起，郭88做完累得快吐血了，直接就下播了。

桂圆儿重新回到何胜昔直播间，在评论区发言："刚才帮郭88答题的是火龙果……"

路人甲："不是一家人不进一家门！"

路人乙："真是笨蛋啊！还是两个，笑死我了……"

路人丙："我惊呆了……"

梅花隔着屏幕笑到肚子疼，一条微信消息传来："生日快乐！"是何胜昔发的。

6

渣男的星座

"这男的这么渣!"梁欢气得从沙发上弹了起来。

在杜嘉家里,她抱着孩子坐在床头流着眼泪。前夫竟然说自己没钱,一分抚养费都不给。杜嘉从怀孕到生产,许久没有工作,产后前夫出轨"白月光"和"朱砂痣"——没错,是同时出轨了两个女人。杜嘉因此抑郁并离婚,硬是把孩子留在了自己身边。单亲妈妈独立抚养孩子,不只是经济上的考验。还要面临身体和精神上的双重压力。这次杜嘉生病,更是深刻体会到一个人带孩子的难度实在太大了。而家里人嫌她离婚丢人,没有一个愿意过来搭把手的。

"把孩子给他吧!"梅花坐在床头的椅子上,思考良久,终于开了口。

"那能行吗?这孩子是杜嘉的命,生产的时候大出血,进了 ICU,差点连命都没了。把孩子给出去这不是要了她的命吗!"梁欢极力反对。

"我也知道孩子是她的命,但我们必须理智一点。你觉得以她现在的状况还能带几天孩子？你和我只能过来简单帮个忙，孩子的成长不是一天两天的事，而是每天每时每刻每分每秒都要看护。前夫不给她抚养费，她自己又没有经济来源，她要怎么养孩子？"梅花理智地分析道。

"我可以帮她养！"梁欢不服气地说。

"你可以帮她养一天两天，但这不是长久之计。她总要自己独立起来，不能这么一直软弱下去。我们到了三十岁这个年纪，谁都靠不上，只能靠自己。她再这样带这孩子，撑不了几天。"梅花哽咽着说。

杜嘉擦了擦眼泪，说道："梅花说得对，我不能再这样下去了。这样对孩子、对我来说都是死路一条。人该求生，不该求死，对吗？"

梁欢泄气地坐回到沙发上，突然又想起了什么："不对啊！你们想把孩子给出去，那个渣男也得接受才行啊，他能同意吗？"

"他能！"杜嘉斩钉截铁地说，"他都四十多岁了，就这么一个孩子。之前他就说过想把孩子要过去，是我太执着了，一直不撒手。现在要是跟他说把孩子给他带，他会很乐意的。"

"行吧，你都这么说了，我还能说什么。"梁欢还是有点赌气，但她心里明白，梅花和杜嘉的决定有道理。她走过去，从杜嘉怀里抱过孩子。孩子被逗得哈哈直笑，梁欢轻轻地说：

"欢姨以后再见你可就费事了，欢姨会想你的……"一句话说得三个女人都泪目了。

"好了，咱都别这么难受了，我这就跟前夫联系。"杜嘉打破了悲伤的气氛，拨通了前夫的电话："喂，方便说话吗……你在过生日？我不是来跟你说生日快乐的，我是跟你说孩子的事情……"

前夫很爽快地答应了，说好一个星期后来接孩子走。

"他还过生日！抚养费都不给，还有钱过生日，渣男！"梁欢愤愤不平。

"今天过生日的是什么星座？"梅花问。

"双鱼座。"杜嘉回答。

"双鱼男都渣！"梁欢很不高兴地说道。

这时，梅花的手机收到了一条微信，是何胜昔发来的："你在干什么呢？"

梅花想了想，回复道："你是什么星座？"

"双鱼座。"何胜昔说。

"渣男！"梅花回道。

"大姐，你有病吗？"

梅花笑着把手机扔到一边，不再回复……

7

我很专一

何胜昔的直播间刚开播，还没什么人来。梅花一边敷着面膜，一边看着手机屏幕，何胜昔正在调试直播设备。

"能听见音乐吗?"何胜昔问。

"能。"梅花漫不经心地在评论区打字回复。

"能什么能，我还没放音乐呢，你认真点行吗?"何胜昔一脸严肃。

梅花心里想：那他瞎问什么呀，真是气人！梅花刚想反击，一个叫仔木的人进入直播间，见到有人进来，梅花只好忍了下来。

仔木直接刷了个跑车，然后在评论区打字："胜昔哥，这是我的小号。"

"你谁呀?"何胜昔一脸茫然。

"木木，昨天刚和你连过 PK 的男主播。"仔木打字很快。

"哦，我知道了！你怎么换小号了?"何胜昔问。

"胜昔哥，我失恋了，确切地说是被绿了。"仔木接着打出一串委屈的表情。

"还有这事儿？快说说！"何胜昔来了劲头。

梅花没想到这人还这么爱八卦，不过这瓜是挺劲爆的，梅花也一直盯着评论区等着吃瓜。

"是我认识的一个女主播，比我大 7 岁。我去她家找她的时候，撞见她和她的榜一大哥在家里。"仔木又打出一串悲伤的表情。

"他俩干啥呢？"何胜昔很认真地问。

"能干啥。"梅花隔着屏幕嘟囔着，真是无语。

"那男的没穿衣服，我开门的瞬间都看傻了。"仔木的语气很无奈。

"女的穿了吗？"何胜昔问。

"后来穿上了。"仔木回复。

"哦，穿上就行了。"何胜昔说。

"唉！"仔木叹气。

"你也别太难受了，那些女主播什么样你心里没点数吗？吃一堑长一智。"何胜昔说。

"哥，你这是安慰我吗？为什么我没有感觉被安慰到呢？"仔木打出一个哭脸的表情。

"安慰安慰，那女的也太渣了，把你弄成这样，真过分！"何胜昔配合着安慰了两句。

"是挺渣的，他们这个星座就容易出渣男渣女，以后要远离这个星座。"仔木打了个叹气的表情。

"对，真渣。那个女的是什么星座？"何胜昔问。

"双鱼座。"仔木回复。

何胜昔尴尬地咳了一下，清了清嗓子，"这个星座……就……就普遍比较渣。"

"哥，你是啥星座？"仔木问。

梅花拿着手机都快笑疯了，心想这大概是双鱼座被黑得最惨的一次了吧。

何胜昔更尴尬了："我……我是天蝎座。"

"你是天蝎座？"梅花终于忍不住了，在评论区打字问。

"哥，天蝎座好，可专一了，我就喜欢天蝎座。刚才问你的时候我还闪念一想，你不会是双鱼座吧。还好你不是。"仔木打出一排笑脸表情。

梅花笑得面膜差点掉下来，刚开播时没能回怼的阴霾一扫而空。

"那你今天还播吗？"何胜昔转移话题。

"不播了，没心情。"仔木回复。

"那咱们听首歌吧，《有我为你守护》这首歌行吧？"何胜昔正准备在电脑里搜这首歌。

"哥，换首吧，那个渣女最喜欢听这首歌了！"仔木打了个委屈的表情。

"那……那换一首吧……你说换啥……"何胜昔说道。

梅花在评论区打出一排笑哭了的表情。

这首歌是何胜昔最喜欢的一首歌。看到仔木的话，梅花笑得肚子疼，面膜也彻底掉了下来。

就在这时，梅花收到何胜昔的微信："你不许笑，我的上升星座是天蝎。"

看到这条消息，梅花更是笑出了眼泪。又来了一条消息，还是何胜昔："我很专一。"

8

当然要改!

"梅姐!快上线,胜昔的 CP 来了!"桂圆儿发来私信。

梅花刚忙完演出的事情回到家,躺在沙发上回复桂圆儿,"什么 CP?"

"就是何胜昔的绯闻对象,传闻说何胜昔喜欢她,表白被拒。梅姐,你快来看吧!"桂圆儿回复得很快。

何胜昔每晚九点开始直播,现在已经晚上十点钟了。梅花原本跟何胜昔说今天有事没法看他直播了,但听桂圆儿这么一说,梅花还是打开了手机,翻到了何胜昔的直播间,点了进去。

跟何胜昔连麦的是个名叫路察的女主播。何胜昔很少连女主播,路察也穿着女主播们常穿的那种低胸露肩装,精致的五官多了几分妖艳。

"原来他喜欢这样的,是挺好看的。"梅花心里默默想道,不知怎么的,心里有点不大舒服的感觉。

"梅花来了,你不是说有事儿不来了吗?"何胜昔问道。

梅花打字回复："来看看你的八卦。"

"我有什么八卦可看的?"何胜昔不解地问。

"哎呀,胜昔!"路察嗲声嗲气地喊道,"还玩不玩了?"

"玩。你说惩罚吧。"何胜昔很冷淡地说。

"你输了的话就把名字改成何胜昔心甘情愿输给路察。"路察边撩头发边说。

"名字太长了,换一个。"何胜昔不同意。

"哎呀,你也不一定会输嘛,我输了我也改。"路察扭捏着说。

"行吧,开始吧!"眼看着路察张嘴说着什么,何胜昔直接闭麦了。

"梅花,我有什么八卦,你说清楚。"何胜昔盯着评论区。

这人还记着这茬呢,梅花很无语,打字回复:"我开玩笑的,活跃下气氛。"

"不好笑!"何胜昔说。

路察的直播间人很多,刚开打票数就已经上万了。而何胜昔这边就比较冷清,小无所依给刷了个眼镜的小礼物,然后就没有然后了。

评论区里,桂圆儿发言:"咱们众筹一下吧,可别让胜昔输得太难看。"桂圆儿的底线很低。

这时,梅花直接连刷了两个大礼物,瞬间碾压路察。路察原本以为自己稳赢呢,一看这战况,脸色都变了,赶忙拉票。

评论区里,桂圆儿继续发言:"梅姐这波操作够狠啊,咱们家胜昔就是从来都不爱拉票,要不然也不至于这么凉。"

"你说谁凉?"何胜昔装作生气地问。

"这桂圆儿瞎说什么大实话。"梅花在评论区补刀。

粉丝们在评论区一排排刷着大笑的表情。

PK 倒计时,突然路察那边有人给刷大礼物,连着刷了五个,直接赢了。

何胜昔直接改好了名字,不等路察反应过来就挂断了连麦。

"这名字看着真别扭。"梅花在评论区发言。

"是啊,改回去吧,她也没说要保留多长时间。"桂圆儿发言。

何胜昔想了一下,说道:"好,已经改回去了。"

突然,路察以游客的身份来到直播间。

"这就改回去了?"路察在评论区发言。

一阵沉默后,梅花发言:"当然要改回去了!"

"别人都要保留三天呢!"路察继续发言。

小蝴蝶发言:"刚才又没说时间。"

桂圆儿跟话:"就是就是!当然要改!"

路察意识到在何胜昔的直播间占不到便宜，灰溜溜地离开了。

"就这？胜昔你可别跟她炒 CP 了……"桂圆儿发言。

评论区里，粉丝们纷纷跟风，发了一排排大笑的表情。

"谁跟她炒 CP 了？我们都是月山市的，同城而已，下了播都不认识。"何胜昔反驳道。

梅花太累了，退出直播间后，躺在沙发上睡着了。手机突然传来一条微信，是何胜昔发来的："我没有 CP，没有绯闻，没有八卦。"

9

蓝颜

傍晚，梅花修好了白天和林伟在游乐场玩的合影照片，正准备发送到空间主页上。抬头一看，坐在梅花对面的林伟点了一桌子烧烤和啤酒。他喝了一口啤酒，拿起烤串便吃了起来。

"有没有点人性？"梅花把手机扔到桌子上。

"你又不吃，我跟你客气什么！"林伟说着，又换了一根烤串。

"这么一大桌子菜，我就这么看着，你就这么吃着，都是离婚的人，你这样合适吗？"梅花气愤地说。

"这有啥不合适的？你要减肥找对象，我又不找。"林伟又喝了一大口啤酒。

饭店老板娘送餐时听到了他们的对话，笑着说："像你们这种离了婚还能坐在一块吃饭的，可不多见！"

林伟抬头看了一眼老板娘，说道："这有啥不能的？她离她的婚，我离我的婚，我俩又不是一家的。"

"我俩是朋友，这是我的蓝颜知己。"梅花也向老板娘解

33

释道。

"哎哟，现在这离婚率真是高啊！"老板娘放下东西，摇摇头走了。

"不过你真不打算找了？"梅花喝了口热水，有点烫嘴。

"当然不找了，我自己这样生活多潇洒快活。找个麻烦的，成天跟我吵架生气，犯不上。"林伟拿纸巾擦擦嘴，又点了一盘花生米。

"不要因为任何人任何事而失去爱的能力。"梅花说。

"我就是爱无能，像我这样的多了，都成普遍现象了。别说我了，说说你吧，和那个何胜昔怎么样了？"林伟吃了一口凉菜，手机上有消息提醒，他拿起手机看了起来。

"什么怎么样！我跟他没什么！我就是帮他忙而已。"梅花矢口否认。

"这还没什么呢？你瞅瞅！"林伟举起手机给梅花看，是何胜昔看林伟主页的足迹，"你刚才发的照片@我之后，他就来了，把我这里所有的照片和视频都看了一遍。别人都没来看，咋就他来了呢？"

"他可能就是八卦吧！"梅花也很纳闷，但转念一想，"上次仔木被扣绿帽子那事儿，何胜昔就很八卦，对，一定是这样。"

"从我的角度来看，他这是把我当情敌了。你看你这标题起的，还祝我们离婚快乐，他肯定以为我是你前夫。"林伟喝了口啤酒分析道。

梅花继续否认："不可能，绝对不可能。我离过婚，还比他大五岁，我要找也不可能找他这种的，不合适。而且他就是来寻八卦的，他可八卦了！"

"跟年龄有什么关系，你这观念太老套了。你看吧，他一会儿肯定得找你……"林伟话音未落，梅花的手机消息提示声响起。

果然是何胜昔发来的："今天直播时间提前一个小时，你早点回家。"

林伟瞥了一眼梅花的手机："真找来了吧！肯定找了个借口，让你早点回去。"

"你咋知道的？"梅花诧异地问。

"男人最了解男人了。要不你试试他？"林伟突然灵机一动。

"试他？怎么试？"

"你就说你和朋友在外面吃饭，回不去。正常关系的话，他会给你回好的，但要是他对你有意思，一定会想知道你跟谁在一起。"林伟吃完了最后一根烤串，拿纸巾抹了抹嘴。

梅花想了想，按照林伟说的回复过去。

刚把手机放下，何胜昔就回复了。梅花打开一看，很干脆的两个字："跟谁？"

林伟喝干净最后一口啤酒："怎么样，我说得没错吧！看给他急的。"

梅花没搭理林伟，低头回复消息："和朋友。"

"是你前任吗？"何胜昔追问。

"不是，是我的蓝颜林伟，我们是很多年的好朋友。"梅花解释道。

"那今晚还是原来的时间开播。"看着何胜昔发来的信息，梅花回想着这段时间与何胜昔相处的日子，她心里还是认为，无论从哪个角度来看，两个人都不合适，使劲儿摇着头。

"干啥呢？这咋还自己嗨上了呢？"林伟看着梅花摇头晃脑的样子，有些不解地问。

"友尽，回家了！"梅花拿起包起身离开。

"都友尽多少次了。"林伟对此完全不在乎，不慌不忙地起身找老板娘结账……

10

表白

梅花回到家时，手机弹出了何胜昔开播的提示消息。梅花点了进去就把手机放到一边，洗漱完换好睡衣，躺在沙发上拿起手机。

直播间里，何胜昔正在 PK，对方也是个男主播，名叫申城。很明显，申城不是颜值主播，他的长相跟"帅"这个字不太沾边，五官勉强算清秀。

倒计时，梅花看没人上票，就直接刷了一架飞机礼物。没想到，最后几秒钟对方偷塔成功，以十几票的优势获胜。

申城比画着示意开麦，何胜昔照做，打开了麦。

"干啥玩意呢？不开麦，你输了，来接受惩罚吧！"申城操着一口东北口音说道。

何胜昔打开背景音乐，清了清嗓子，说道："梅花，从我第一次见到你的时候，从你的名字写在我脸上那一刻起，它也深深地刻在了我的心里。我不禁好奇，这是一个怎样的女孩，让我在写下名字的那一刻动了心。我点开了你的头像，点开了你的视频，试图去了解你，一点点发现你，最终还是忍不住爱上了你。梅花，你就是我遇见的最爱的人，梅花，我爱你……"

梅花被这场突如其来的表白吓了一跳，睡意全无。难道林伟的猜测都是对的？

这时，桂圆儿在评论区发言："好像就梅姐上票了，其他人都没上票。"

路人甲："对，一听惩罚是向榜一表白，就没人好意思上票了。"

路人乙："对面那么猛，很难赢。"

路人丙："这表白听着真浪漫！"

梅花这才稍微有点明白了，原来惩罚是表白。

"这表白挺溜啊！平时没少向你家榜一大姐表白吧？"申城一开口就不太讨喜。

何胜昔没有接话，申城以为占到了便宜，继续说："你和你家榜一大姐啥关系？是不是谈恋爱呢？是就说是，这有什么不敢承认的呢！"

何胜昔直接挂断了连麦。由于网络延迟，画面定格在申城张牙舞爪说话的那一刻，足足持续了十秒钟申城才从画面里消失。

"以后别接他的 PK 了。"小蝴蝶在评论区罕见地发言。

何胜昔关掉背景音乐，脸上没有任何不高兴的神情，说道："该接还得接，愿赌服输。"

知道是惩罚后，梅花心里竟然有点失落。这时，来了一条私信，是林伟发来的："虽然是惩罚，但这小子明显说得很认真啊！怎么样？你听了什么感觉？"

梅花一惊，林伟竟然在何胜昔的直播间潜水，她回复道："什么怎么样，就你八婆！你没事儿跑这儿来干什么？"

林伟回复："很明显，我是来这儿吃瓜的，还真吃到了，那个甜啊……"

梅花回复："你出去！"

又来了一条私信，是梁欢："这小伙长得倒是不错，人看着也挺顺眼，跟你表白那段听着不简单啊！"

梅花快无语了，打字回复道："你怎么也在这儿潜水？"

梁欢回复："林伟叫我来吃瓜的，说今晚可能有瓜吃，还真吃到了，真甜！"

梅花回复："你跟着起什么哄，那就是惩罚，看不出来吗？"

梁欢回复："还是瓜甜！"

杜嘉也发来了私信。梅花嘟囔着："这个林伟，到底叫来了多少人，我非撕了他不可！"边说着，边打开了杜嘉的私信。

"梅花，这小伙看着是不错，但是年纪小啊。咱们是离过婚的女人，不能刚出了狼窝，又进虎穴。这个年纪做什么决定都要慎重，折腾不起了……"

梅花看着杜嘉的信息沉默良久，退出了直播间，躺在床上辗转反侧，彻夜未眠……

11

属猪

　　彻夜未眠的结果是补睡了一白天。幸好当天没什么工作安排，梅花睁开眼睛时已经是下午了。她打开电视，新闻正播放着今年离婚率又破新高。梅花煮好荞麦面皮，边吃边想，自己也是为这个新高做了贡献的人。

　　手机私信铃声又响了，梅花拿起手机一看，竟然是小蝴蝶发来的："梅花，要不要拉你进群？何胜昔的粉丝群。"

　　梅花迟疑了一下，她怕自己不会在何胜昔的直播间待太久，但话到嘴边又咽了回去，最终还是回了一句："好。"

　　被拉进群后，梅花发现群里粉丝成员不到100人，但都是关注何胜昔很久的人，都是铁粉才能被拉进群。

　　又来了一条私信，还是小蝴蝶："欢迎你的加入，胜昔就像我们的弟弟一样，大家都像家人一样在守护他。"

　　"守护？哦，你们是这样定义的，那我们都是他的守护者？"梅花回复道。

　　"对，小无所依，也就是依姐，她和我都是很早的一批守护者。我们认识何胜昔有 2 年了，对他都非常了解。其实他前一段时间播得不好，我和依姐都没什么条件，没法支持他太多，他 PK 时经常输。你来了之后情况才好一些。"小蝴蝶回复道。

PK 主播和守护者之间的关系很微妙。守护本身的意思就是刷礼物帮助主播赢得 PK，这种关系本质上是建立在金钱基础上的。所谓的"条件"，其实就是谁有钱谁刷礼物。然而，何胜昔和小蝴蝶他们这样的关系能维持 2 年，看来并不单纯是金钱关系。要说他们之间有什么暧昧，看起来也不像。何胜昔那种大冰块，也不屑于搞这种小动作。从这段时间的接触来看，他们之间是很正常的关系。何胜昔为人处世的方式，确实和二博那种男主播完全不一样。

梅花吃完饭，洗完碗，正准备出门去看杜嘉。这时，来了一条微信，是何胜昔发来的："现在直播，你能来吗?"

梅花看了下表，下午三点，"这个时间直播?"梅花问。

"对。"何胜昔没有多解释。

梅花想了想，给小蝴蝶发了私信："何胜昔这个时间直播是玩哪样?"

小蝴蝶回复："应该是月底了，他有直播任务要完成，完不成下个月就没有好的流量分配。"

原来他是想在月底冲冲业绩，梅花心领神会，点开了手机直播。

申城的 PK 连了进来，"打个四人 PK 怎么样？咱俩一组，我再拉两个人来。"

何胜昔同意了。申城又拉进来两个主播，一个是变魔术的男主播；一个是情感女主播，专门和人谈心的阿姨。

四人 PK，两两一组，每组的音浪积分总和相加。四人谈好的惩罚是：赢的一方从十二生肖里挑一个写在手上，让输的一方猜，每猜错一次，做 10 个蹲起。

PK 时间过得很快。梅花在最后一刻给何胜昔刷了一个一号大礼物，助力他赢得了比赛。

阿姨主播猜何胜昔写的属相，前前后后一共猜错了十个，直到第十一次才猜对。何胜昔写的是猪，阿姨在直播中也创下了纪录，大家都被阿姨逗笑了。

梅花心想："这不是我的属相吗？"

赢了的何胜昔举起写着"猪"字的手掌，嘴角露出了一抹坏笑。

12

加油鸭

手机上弹出一条关于网络男主播诈骗女网友钱财的新闻，梅花没理会，直接把新闻推走了。打开微信，看到何胜昔发来的文字消息："玩游戏又输了，受刺激了。"

"一局游戏就受刺激了？"梅花问。

"不是，是一起玩游戏的那两个人，一个叫小碗，一个叫爱小碗。"何胜昔回复道。

梅花没想到何胜昔会说出这样的话，脑补他受刺激后的落寞表情，回了一句："你可真幼稚！"又补了一句："你在玩什么游戏？"

"叫某盟，你想一起玩吗？"

"行啊，但是我不会。手机可以玩吗？"梅花正好放假休息，闲来无事，心想，玩游戏打发一下时间也好。

"要用电脑，你先下载，然后注册个账号，把新手关过了，再告诉我。"何胜昔回复。

梅花打开台式电脑，电脑反应特别慢。在等待的过程中，她给闺密梁欢发信息吐槽："我快被这电脑逼疯了，开机五分钟！"

梁欢回复："快告诉人家不玩了，乖，别丢人了。"

"我就不信了！"梅花一边嘟囔着，一边站起来前后检查电脑，左摸摸右擦擦的。一番操作后，游戏的下载速度依旧非常慢。

"又输了！想把电脑砸了，太慢了！"何胜昔发来信息。

梅花看着信息，又看了看电脑才下载5%的对话框，回了句："知足吧！"

在等待下载的过程中，梅花吃了一包薯片、一包辣条，打开了两盒冰激凌。这些都吃完了，游戏还没下载完，她又在外卖上点了杯奶茶。

两个小时过去了，梅花叹了口气，给何胜昔发信息："玩游戏可真容易让人发胖啊！"

"啥意思？你过新手关了吗？"何胜昔问。

梅花又叹了口气，把最后一口奶茶喝完："这游戏真难啊！"

"你慢慢过关，我先准备直播了。"何胜昔回复道。

半个小时后，何胜昔上播，大家陆续进入直播间。

桂圆儿在公共评论区发言："今天解锁新礼物，梅姐你快试一下。"

梅花点开礼物列表，看到新增了一个"加油鸭"的礼物。

"加油鸭有几种玩法，不同方向去到不同的城市。梅姐，挨个城市试一下呗！我们录屏。"桂圆儿继续发言。

梅花试了一下，第一个城市默认是大理，但没找到哪里能切换方向。她又点了一个加油鸭，还是大理，再点一个，还是大理……连续点了八个，都是大理。

直播间沉默了许久，还是桂圆儿先打破沉默："梅姐，我录了八个一模一样的特效，咱换一个吧……"

评论区瞬间被一堆大笑表情刷屏。

何胜昔终于忍不住开口："梅花，我发现你是真没有游戏天赋啊！"

评论区又是一堆大笑的表情。

梅花拿着手机，已经无语了。就在这时，下载到 96% 的游戏对话框突然消失了，电脑突然间黑屏重启……

13

海底捞

梅花刚考察完实景演出场地，从一片桃花林里走出来，梁欢和杜嘉在车上等得都快睡着了。

梅花打开车门，坐上驾驶座，说道："走吧，咱们去吃海底捞。"

"这就完了？就来这么随便看一眼就算考察了？"梁欢坐在副驾驶座上，边打哈欠边坐正身子，系好安全带。

"现场照片都在手机里呢，主要看下适不适合搭建舞台。杜嘉也睡着了？"梅花看了眼后视镜，杜嘉递给梅花一瓶矿泉水，梅花喝了一口水。

"我没睡着，孩子不在身边了，反倒容易失眠了。"杜嘉说。

"你这是潇洒人生的开始，接下来该想着怎么拼事业，然后找个好人嫁了。"梁欢说。

"瞎说，嫁什么，你当我是你呢。我这是离异，现在可嫁不出去了。"太阳有点晒，杜嘉戴上了墨镜。

梁欢来了劲儿，回头对杜嘉说："你这个观念可就不对了，离异怎么了，就没有追求爱情的资格了吗？就不能再嫁了吗？"

"不是不能，是太难了。失败过一次之后，我们考虑的东西会更多，爱情就不奢望了，还是以物质为主吧。"杜嘉回道。

"你这是什么观点，无论什么年纪、什么样的人，都有追求爱情的资格。梅花，你说呢？"梁欢碰了碰梅花的胳膊，试图寻求认同。

梅花笑了一下："都说在爱情当中，谁认真谁就输了，没错。但是，在真正的爱情当中，哪怕输我也要爱，哪怕输得一败涂地，我也要认真对待。这才是爱情，所以我还是那个相信爱情的人。"

"唉，你看吧杜嘉，有人相信爱情！"梁欢的声调里都带着胜利的喜悦。

杜嘉摘下墨镜，皱着眉歪着头看着梅花："梅花，你有点不太对劲儿。"

杜嘉这么一说，梁欢也好奇地看向梅花。梅花躲开梁欢的眼神，拧上瓶盖，说道："女人多了真烦。开车了，走，去吃麻辣香锅！"

"哎？不是海底捞吗？我都做好吃海底捞的心理准备了，怎么突然变成麻辣香锅了呢？臣妾不同意！"梁欢调侃地说。

梅花和杜嘉都被逗笑了……

"我听小蝴蝶说你最近很缺钱。"梅花发信息给何胜昔。

"我哥出事儿了，需要一大笔钱。我需要暴富，有什么暴富的方法，告诉我一声。"何胜昔回复。

"你换个头像吧，现在这个头像太阴沉，不够阳光，一看就像挣不到钱的样子。"梅花回信。

"你看这个新换的头像和你的头像像不像?"何胜昔说。

梅花看了一眼，感觉有点像情侣头像，但她还是说："不像。"

梁欢又盛了一碗小料回来，说道："海底捞的服务就是好，你看那个单独吃饭的姑娘，在她对面还给放了个娃娃陪着。"

梅花笑着抬头看向那个女孩。

梁欢发现了梅花的异常，问道："咦? 梅花，你笑啥呢?"

"我没笑啥啊，我笑了吗?"梅花收起笑容，有点尴尬。

杜嘉也停下筷子，看了一眼梅花，然后对梁欢说："你快吃吧，你那白菜都煮化了。"

"哎呀，我的白菜……"梁欢手忙脚乱……

14

哇，美女！

何胜昔已经直播了两个小时，眼看着快要下播了，又连进来一个 PK。

"静姐！你回来直播了？"何胜昔难得露出这么激动的神情。

对面的女主播叫苏静，标准的瓜子脸、栗色披肩发，一双大眼睛灵动有神。和普通女主播不同的是，苏静有一种与生俱来的飒气，毫不做作。

"对啊，胜昔。你怎么样？咱们好久不见了！"苏静也很开心。

"我播得不好，本来我都快下播了，一看是你，我就接起来了。你怎么这么晚呢？"何胜昔问。

"我刚上播，播得晚。现在流量不行，播得也不好，不像咱们头两年刚开始直播那会儿，那时候多辉煌。"苏静感慨道。

何胜昔也有些感慨："对啊，好多以前的主播都看不见了，都不播了，还坚持播的也就咱们。现在我的直播间也特别冷清，也快播不下去了。"

"我回来也是发现有好多新人，都不认识。咱们玩一把吧，输了转十圈。"苏静想起来还在 PK 中。

"行……"何胜昔和苏静又聊起了很多过往，还提到了小蝴蝶和小无所依。她们从那时候开始就是何胜昔的守护者。

梅花以前听小蝴蝶提到过，何胜昔前一段时间已经快播不下去了，要不是梅花来做他的守护者给他投票，他都坚持不下去了。小无所依生意也不好，没有太多的投票能力，小蝴蝶是个普通的工薪族，也没什么钱。何胜昔之所以还在做直播，是因为他的哥哥经常赌博，欠下了一大笔债。他为了给哥哥还钱，除了做直播，还接广告，各种能赚钱的事情他都会尝试。

思绪到这儿，听着何胜昔说倒计时，梅花在最后几秒给何胜昔刷了两个飞机礼物，帮他赢了苏静。

苏静站起来，边转圈边说："我太拉垮了，现在都没有人给我上票。"

"哇，美女！这身材也太好了吧！"梅花激动地在评论区打字。

苏静确实很美，美得很干净，纤细的身材，比例十分协调。梅花向来喜欢看美女，她认为女人更能欣赏女人的美，为此没少被人调侃性取向。

梅花进到了苏静的直播间，放眼望去，粉丝列表全是大哥。

"静姐好漂亮！身材绝了！"梅花在公共评论区打字。

"谢谢你，你是何胜昔家的守护者啊！"苏静看了一眼梅花的资料。

"是的，你刚才一站起来，那身材也太好了，我就被吸引过来了。"梅花打字回复。

"谢谢你，我这直播间里小姐姐还真不多。"苏静笑着说，一笑起来更美了。

"那我以后常来你直播间玩，跟你取经如何保持好身材。"梅花又补了一句，"对了，别误会啊，没有其他意思，就是看你特别飒气，我就欣赏你这种类型的美女。"

"不会误会，欢迎以后常来！"苏静看到梅花的话被逗得直笑……

梅花隔着手机屏幕不禁感叹："这女人也太美了吧！"

15

小号

"梅姐，你发现胜昔的直播间长期出现几个小号了吗？其中一个叫'小绿'的，经常留言，说话特别暧昧，特别'绿茶'，也不知道她是谁。她的关注列表里只有胜昔一个人。"漂亮的桂圆儿给梅花发私信吐槽。

梅花放下帮杜嘉整理的找工作的简历资料，回想起直播间里确实有个叫"小绿"的，每次打字发言都是类似"胜昔，人家给你发私信了，你快点看一下嘛!"这样的话。何胜昔每次都直接忽略，装作看不见。

这时，林伟的电话打了进来："梅花，出来一下。你最近不是总看直播吗？给你介绍个朋友，也是主播，认识一下。"

"没兴趣。"梅花冷冷地说完，直接挂断了电话。

林伟又打过来："哎呀! 你快出来，是我表弟，刚从老家来，给他介绍几个朋友认识，拓展下人脉，看看你那边有没有适合他不直播时做的工作。"

"最近找工作的人真多啊!"梅花感叹道，"行吧，地址发我。"梅花简单收拾了一下就出门了。

"你好，我叫申城。"林伟的表弟和梅花握手致意。恰在此时，饭店里的服务员正好给邻桌上菜，梅花站了半天，才迟钝地给服务员让了一下路。

"你叫申城？"梅花一脸不敢置信地问。

"对啊，怎么了？你不会是我的粉丝吧？"申城反问道。

梅花扑哧一声笑了出来："别别别，别误会，当你粉丝内心得多强大啊，我也就是看过你和别人 PK 而已。"

"当我的粉丝咋了？我长得不帅吗？"申城看向林伟，试图寻求认同。

林伟冷笑了一下，说道："你心里没点数吗？"

梅花实在憋不住了，一阵大笑。

"你之前在哪里看我 PK 的？"申城转移了话题。

"她在何胜昔那里看的。"林伟掰开筷子抢着回答。

"我用你多嘴！"梅花气呼呼地瞪着林伟。

申城像是知道了什么惊天大秘密一样，说道："噢！原来你是那个小白脸的粉丝，你的眼光不怎么样！"

"怎么说话呢！你才是小白脸呢！不对，你想当小白脸还当不了呢！"梅花生气地放下手中的茶杯。

"这有啥生气的，那些颜值男主播都玩暧昧、处对象那一套，专挑你们这些女的下手，女的又搭钱又伤心的，有一个算一个，没好。"申城喝了一大杯啤酒，语气里满是不屑。

"闭嘴吧你！"梅花气得站起身想要走。

林伟拦住梅花，赶紧缓和气氛，转头对申城说："哎，行了，你别说了。惹梅导演生气，小心封杀你。这圈子你还想不想混了？"

申城也算识趣，连忙说道："行，我闭麦。"边说边故意把嘴巴闭得紧紧的，做出一副"嘘声"的模样。

一番沟通后，梅花帮申城联系了一个话剧剧组实习的工作。申城见识到梅花的人脉和能力后，心里暗暗有些佩服，说了很多服软的话。梅花是个大气的人，见申城态度诚恳，便不再计较之前的不愉快，两人还互加了微信。

"梅姐，以后有事儿您说话，我申城全听您的！"申城敬了杯酒给梅花。

梅花接过酒杯，说道："别叫我姐，就你这模样，都把我叫老了。以后也别跟别人提我们这层关系，有事儿私下联系我就行。"

"听梅姐的！"申城使劲儿点头，然后意识到自己说错了，赶紧摇头，改口道："美女，听梅大美女的！"

梅花给了申城一个白眼。

回到家后，也差不多到何胜昔直播的时间了。梅花打开直播，发现何胜昔今天提前上播了，他气色有点差，一直咳嗽。

小绿又在评论区发言："胜昔，你是不是着凉了？我看着好心疼，给你送了感冒药，你一会儿签收一下。"

何胜昔说："知道了。"

小绿竟然知道何胜昔家的地址，看来他俩关系不简单，梅花越想心里越不是滋味。

桂圆儿给梅花发来私信："梅姐，破案了，小绿就是路察的小号！"

"哦，知道了。"梅花简短回复，脑海中想象的全是何胜昔和路察在一起时暧昧的画面，心里无法平静。

就在这时，申城的 PK 请求连了过来。

"玩什么？"何胜昔有气无力地说着。

"咋了哥们？和大姐出去约会累着了？"申城口无遮拦地调侃。

何胜昔不接话茬，只是说："输了 100 个俯卧撑。"说完刚想闭麦，就听见申城说："这不是梅花大美女嘛！稀客啊！"原来梅花去了申城的直播间。

何胜昔停顿了一下，没有闭麦。

申城笑着调侃："怎么了？不会是想我了吧？"

"嗯。"梅花在申城的直播间评论区打字回复，她知道连麦时何胜昔能看到对方直播间的评论。

"哎呀！"申城来了劲儿，坐直了身体，凑到屏幕前："你不对劲儿啊！"

"有什么不对的！"梅花回复道。

"白天没见够，追我直播间来了？"申城坏笑着说。

"是啊！"梅花回复。

申城笑了起来："你不对劲儿啊，你有问题！"

"有什么问题，想你还想错了？"

梅花正在打字，PK突然中断了。

"什么情况？"梅花问。

申城笑着往后靠了靠椅背："什么什么情况？人家下播了！合着你把我当工具人呢！"

这时，梅花的手机收到了消息提醒，是何胜昔发来的："你和申城什么关系？"

梅花直接回复："你和路察什么关系？"

"我和她什么关系都没有，你和申城什么关系？"何胜昔追问。

"什么关系都没有？你骗谁呢，药都给你送到家里了！"梅花生气地回复。

"她以前住我隔壁，后来搬走了。"何胜昔回复。

"你不真诚。"梅花说。

"你和申城什么关系？"何胜昔继续追问。

"什么关系都和你没关系！"梅花说完，就把何胜昔拉黑了。

16

赏客

苏静的直播间人气比何胜昔的好很多，直播间人数每天都在不断增加。和何胜昔大吵一架后，梅花这两天就都到苏静的直播间逛逛。

"欢迎梅宝宝！"苏静用甜美的声音欢迎进入直播间的梅花。

"你们俩生气还没和好呢？"苏静关心地问。

梅花在评论区打字回复："没有，没联系。"

苏静刚想再聊两句，看到有 PK 连进来，就先忙着 PK 了。苏静人美歌甜，再加上还是台球裁判，她的直播间有不少大哥心甘情愿地当她的守护者，有的人追随苏静两三年了。"女神就是女神！"看着苏静 PK 时认真拉票的样子，梅花不禁感叹道。

PK 结束，苏静赢了。很快，又进来一个 PK 连线，不是别人，正是何胜昔。

"胜昔，玩点啥？"苏静直接进入主题。

"输了的在脸上写'我输了'。"何胜昔也很干脆。

二人商定后便闭麦拉票。这时，苏静的直播间进来一个叫赏客的顶级玩家。梅花看了一眼赏客的资料信息，是个打扮很时尚的中年男人，视频和照片的背景都是高级酒会、欧式城堡之类的。

"我看他不顺眼，我帮你打他。"赏客在评论区说。

苏静意识到来者不善，连忙说道："没事没事，咱们正常玩就可以。"

话音未落，赏客给苏静刷了一个票数最高的礼物，直接碾压何胜昔。梅花知道何胜昔那边不可能有人给刷大票，这局输定了。

苏静尴尬地感谢赏客，赏客直到看着何胜昔接受完惩罚才离开。

梅花给桂圆儿发私信问有关赏客的事。据桂圆儿描述，这个赏客很神秘，每次出场前都会有两个小号先出现做铺垫，然后赏客的大号才会来。赏客故意打何胜昔，大概是因为何胜昔冷淡的态度让他不高兴了。

"梅姐，你都几天不来了，这么忙吗？"桂圆儿问。

"是有点忙。"梅花简单回复着。

"那你咋知道赏客的？"桂圆儿追问。

梅花一时语塞，只好说："有时间再聊。"

据说，之后何胜昔的每场 PK，赏客都去对面主播那里刷票，故意打何胜昔。

苏静劝梅花："梅宝宝，你要不要回去看一眼？"

梅花想了一下，回复道："好。"

"那个赏客不好惹，让我家伊人哥和巨人哥跟你一块儿去看看。"苏静拜托两位守护大哥帮忙。

三人一起回到了何胜昔的直播间。何胜昔正在 PK，状态看起来很不好，连输几天了，直播间显得死气沉沉的。

赏客又在对面主播那里上了一个票数最高的礼物。最后 10 秒，伊人、巨人和梅花一起上票，票数超过了赏客，何胜昔总算是赢了一把 PK。

赏客也来到了何胜昔的直播间，看了一眼就走了。

"再连一把 PK。"梅花在评论区说。

何胜昔又连了一把，打到一半，赏客又开始上票了，这次是之前票数的两倍。巨人和伊人先上了一半的票数，梅花在最后 10 秒连上了三个票数最高的礼物，直接赢了赏客。从这把 PK 之后，赏客就没有再出现了。

何胜昔感谢伊人和巨人之后，他俩便回到了苏静的直播间，梅花也直接退出了何胜昔的直播间。

刚退出，何胜昔的微信消息就来了："你知道错了吗？"

"啥？"梅花看到这条信息，差点气炸了，"我有啥错！"

"我原谅你了。"何胜昔回复道。

梅花气得差点背过气去……

17

比赛

"早啊!"何胜昔发来信息。

"下午好。"梅花收到信息时已是下午三点。何胜昔经常熬夜直播,白天补觉。

"你在干吗呢?"何胜昔问。

"在帮朋友整理简历,你今晚要比赛是吧?"梅花说。

"是啊!不过我也不在乎结果,没抱希望。"何胜昔有点失落地回复。

梅花安慰何胜昔:"开心一点,积极乐观一点!"

杜嘉坐在梅花家的沙发上,看着在另一头坐着的梅花玩手机,一会儿嘴角含笑,一会儿眉头紧锁,不禁疑问:"梅花,你是不是谈恋爱了?"

梁欢拿着辣条从厨房里跑出来,问道:"恋爱了?你恋爱了?"

梅花被这么一问,赶紧收回笑容,瞪着梁欢:"就你最八卦!"

杜嘉没有被梁欢干扰,皱着眉头继续追问:"梅花,你不是跟那个何胜昔吧?"

"真在一起啦?"梁欢猛地坐到梅花身边。

"吃你的辣条去!"梅花不接茬。

杜嘉继续说:"这个话题你绕不开了,说说吧!"

梅花知道杜嘉是铁定要问出个答案了,叹了口气说道:"没在一起,现在还在接触中,但应该是都有好感吧。"

"你们两个有好几岁的年龄差不说,还是异地,不同的城市,这种感情你觉得能成吗?"杜嘉直截了当地说。

梅花沉默了许久:"你想太多了,离婚后我就明白了一个道理,前夫比我大五岁,但是也没见和我白头到老或者对我有多好,他自私幼稚的地方太多了,所以另一半什么样和年龄无关,还有,都是互联网时代了,年龄早就不是大问题了。"

杜嘉深深吐了一口气:"看来这些问题你早就想过了。"

梁欢把一整包辣条吃完了,抹了抹嘴:"我听明白了,梅花,你这是在网恋啊!"

"你明白啥,还没恋呢!"梅花瞥了一眼梁欢。

"准网恋阶段。"梁欢纠正自己的话。

"我也知道拦不住你,但还是多看看,多了解一下,别太草率,还有别给男人乱花钱。"杜嘉劝了几句,三人就继续聊杜嘉找工作的事情了。

晚上十点整，何胜昔开始直播。梅花送走了杜嘉和梁欢后，敷上面膜，打开手机看直播。

小蝴蝶给梅花发私信："梅花，如果有能力的话，能不能给胜昔打一下比赛？"

"？"梅花有点反感这种要票的行为，所以直接回了个问号。

小蝴蝶回复："胜昔他们公司给他们下了任务，要求他们进入当地前十，要不然季度奖金就没了。胜昔最近比较缺钱，你是知道的。我们想着大家有能力的就帮着上上票，帮帮他。"

"他们公司也不行啊，不帮忙还瞎指挥，赶紧换个公司吧！"梅花回复。

"他有合约在身，直播内容和时长都是要受到公司制约的。"小蝴蝶说，"比赛开始了。"

梅花回到何胜昔的直播间，看着何胜昔五百名开外的名次，不禁摇头感叹："这月山市一共也就这些主播吧！"

看着何胜昔一副已经放弃的表情，梅花决定帮何胜昔一把。五轮比赛下来，何胜昔一跃跻身月山市第十六名。梅花票数耗光，实在打不动比赛了。除了小无所依还能帮忙，其余人都没有什么票。

何胜昔直播时拿起手机给梅花发消息："梅花，不用再打了，这个名次我已经很满意了，谢谢你。"

第二天早上，梅花起床洗漱时，何胜昔发来一段视频。视频里，他和朋友正在聚会，他边拍视频边说："给我对象报备一下。"

18

他谁啊

"疑似十二生肖龙首在某国拍卖,成交价高达2400万元。不过,在十二生肖兽首中,龙首并不是最高的。2009年,鼠首、兔首在某国的成交价按照当时汇率折合人民币约2.7亿元,远高于龙首。这些文物遗失于……"收音机里播放着新闻。

梅花开车到了一家店铺前,停好车后走进店内,杜嘉和梁欢已经在店内等着了。

"这里不错啊!"大夏天,室内没有空调,梅花拿着一个手握小风扇对着自己的脸吹了起来。

杜嘉走到门口,从地上的便利袋里拿出三瓶矿泉水,递给梅花和梁欢,说道:"嗯,找了那么多家,就这个我最满意。临街的位置,客人来了好停车,左右店面吃饭也方便。位置稍微偏了一点,但是做美容院的话,安静一点也好。"

"确实挺好的,但是你自己忙得过来吗?"梁欢拧开瓶盖,喝了一大口水。

"忙点倒是不怕,怕的是一开始没客人。"杜嘉坐在椅子上歇着。

"不会没客人的，我们一起帮你多宣传宣传。"梁欢说。

"你这样贷款压力不大吗？"梅花担心地问杜嘉。

杜嘉安慰梅花："没事，我以前的老同学在银行贷款部门工作，有他的帮忙，我办这个贷款轻松多了。"

"你越这么说，我就越觉得哪里不太对。你这个同学是个什么人？靠谱吗？不行，要不还是我做你的大股东吧，我来投资。"梅花很不放心。

"我哪能用你的钱！越是好朋友之间，钱的事儿越得弄得明明白白的。我那个同学很靠谱，他以前在高中时追过我很长时间，我当时没看上他。谁想到有一天，我还得用到人家呢！"杜嘉说到最后笑了一下。

"哎？那你俩现在有戏没？"梁欢把手搭在杜嘉的肩膀上，坏笑着，一副又开始八卦的模样。

杜嘉推开梁欢的手，站了起来："什么戏！他有老婆了！"

"哦！那是真没戏了！"梁欢感觉很扫兴。

这时，梅花的手机铃声响起，她看了一眼来电显示，是申城："那你把简历给我送过来吧，我把地址发你。"

五分钟后，申城推门而入。梁欢正蹲在门后面找便利袋里的零食吃，刚打开一包辣条，整个人就被推开的门挤到了墙上，辣条跟着掉在了地上，脑袋也被门挤了一下。

呀，申城也感觉到撞到了什么东西，朝门后看了一眼，说道："这还有个东西！"

"你骂谁呢！"梁欢边揉脑袋，边回头看申城，梅花和杜嘉赶忙过来扶起梁欢。

"不好意思啊！你说你没事蹲这儿干啥，搞得跟个surprise（惊喜）似的。"申城连连道歉。

"这谁啊？他谁啊？哪来的啊？"梁欢气得恨不得要上脚踹申城。

申城还要说话，梅花赶紧制止他："行了，你别接茬了！把简历放桌子上就行了。"

"那我走了啊！"申城刚要走，又想起来什么，回头对梅花说："有个事儿我还得提醒你一下，我听说何胜昔好像因为他哥赌博欠了不少钱，窟窿挺大的，你还是得悠着点。"

"行，我知道了，你回吧。"梅花说。

"嗯，那我走了，'surprise'，我走了啊！"申城坏笑着说。

"他故意的！你看出来了吗？都别拦我，我揍他去……"梁欢气得要追出去打申城，被杜嘉和梅花硬拽了回来。

19
婚礼

"国庆假期结婚的人真多啊!"林伟在婚礼宴席上感叹着,喝了一口白酒。

梅花和申城坐在林伟的左右两边,二人互相对视了一下。

"哥,你得忍住啊!在这儿可不能哭!"申城把手搭在林伟肩膀上,安慰着林伟。

"谁哭!你净瞎说!"林伟瞪了一眼表弟申城,又喝了一口酒。

梅花实在看不下去了:"我就不明白了,你为什么非得要来?"

"她邀请我来的。"林伟神情落寞地说。

"她让你来你就来,你这回怎么这么听话呢?平时不是挺有主见的一个人吗?你看你现在这个窝囊样,我都替你着急!"梅花越说越生气,喝了一口桌上的茶水。

"要是你前夫邀请你,你来不来?"林伟问梅花。

"你让他试试,看他能不能活着走出门口。"梅花没好气地说。

申城插嘴道："哥，你说你来参加前妻的婚礼，把我拽来干啥？这也不是我的前妻！"

"我这不是怕喝多了没人扛我回去嘛！"林伟又喝了一口酒。

"那你让我来干啥？我又扛不动你！"梅花瞪着林伟问。

"我这不是寻思你也离过婚，能懂我的心情，这红颜知己不就是这么用的嘛！"林伟耍赖皮地笑了笑，脸色微微泛红。

梅花叹了口气："行啊，这事儿这辈子也赶不上几回。不过她这结得也太快了吧，你们才分开几个月，她就办婚礼了！"

申城接话道："这话刚才我就想说了，后来憋回去了。"

"那你继续憋着。"梅花瞟了一眼申城。

申城尴尬地咳了一声，林伟没有再说话。

梅花的手机收到了信息，是何胜昔发来的一张婚礼现场的照片。

"眼看着高中同学一个接一个地都结婚了。"何胜昔的文字略显感慨。

"你也想结婚了？"梅花回复。

"现在结不了，不是考虑这些的时候，先把负债解决了才行。"何胜昔说。

"哦。"梅花突然感到有点失落。

"哦什么！你在干什么呢？"何胜昔问。

"姐在谈情说爱，别影响姐了，你去找别的姑娘玩去吧！"梅花的情绪有些不好。

"好嘞！"何胜昔回复道。

梅花把手机扔到一边，抬头看林伟时，林伟已经满眼红血丝，这是他喝多了的明显标志。

"这么一会儿就喝成这样了？要不咱走吧。"梅花提议。

申城点头表示赞同。林伟酒劲儿上来了："我不走，我还没看结婚仪式呢，我倒要看看跟我那场有啥不一样的，我回去总结总结，以后好改进。"

"你改啥啊，你收着点，一会儿可别闹现场，那么多熟人呢，你闹完以后还咋见人？"梅花试图劝阻林伟。

"你好，请问你是申城吗？"两个年轻漂亮的小姑娘跑到这桌，害羞地盯着申城问。

"是啊，怎么了？"申城恢复了自己装酷的表情。

"真是申城！我们是你直播间的粉丝！我是小乔，她是大乔。"两个姑娘兴奋地介绍道。

一番熟络后，申城搂着两个姑娘玩起了自拍，最后还互相加了微信。梅花看着这一幕直摇头："现在这年轻人见面就搂搂抱抱的，太开放了!"

"姐，我这都算收敛的了。要是何胜昔那种帅的，走到哪儿都有一群小姑娘扑上去。"申城坐下后整理了一下衣服领子。

梅花突然想到了什么，拿起手机给何胜昔发信息："不许去!"

何胜昔回复："不许去什么?"

"不许去祸害别人!"梅花回复道。

"笨蛋!我没有，我在吃饭。"何胜昔附带了一张宴席的照片。

"嗯，吃吧。"梅花安下心来。

婚礼仪式正式开始，新娘和新郎入场。梅花回头看林伟时却发现林伟竟然不在座位上。她询问申城，他只顾着跟姑娘们聊微信，没有注意到林伟什么时候不见的。

突然一阵刺耳的麦克风啸叫声，林伟醉醺醺地拿着麦克风走上台，对着新娘问道："我问你，你愿意娶他吗?"新娘无奈地看着林伟。

台下一阵笑声，林伟又问新郎："那你愿意嫁给她吗?你不回答，我替你回答，我愿意……"

林伟的话还没说完，就被梅花和申城给拉下了台，三人火速消失在人群中……

20

她回来了

"她回来了!"桂圆儿给梅花发私信。

"谁?"梅花一脸蒙地回复。

"可珂。她是何胜昔以前的老守护者,后来不知道什么原因去了另一个男主播的直播间。"桂圆儿说。

"你知道得可真多,这么久的八卦都被你挖出来了。"梅花笑着回复桂圆儿。

"她以前是何胜昔身边很重要的人。那时候,可珂、小蝴蝶和小无所依她们三个人一直守护着何胜昔。然后突然有一天,可珂就去了经常跟何胜昔 PK 的另一个男主播那里,那之后就很少回来了。但是这两天她突然又出现了,跟胜昔说话都特别暧昧。当然,胜昔没怎么搭理她。"桂圆儿回复得很认真。

这时,又来了一条私信,是小蝴蝶发的:"梅花,胜昔马上开播了,你可以来把可珂顶掉吗?"

"怎么顶掉?"梅花心想,一个可珂竟然调动了这么多人的情绪。

"就是你刷的礼物比她多，让她知道胜昔身边已经有新的守护者了。"小蝴蝶回复道。

"我看看情况吧，但我不认为这样做有什么意义。"梅花回复完心想，应该先静观其变，主要还是看何胜昔的态度。

开播提醒消息发来，梅花进入直播间："还没什么人来。"刚这样自言自语，就看到可珂进来了，果然来得很早。

"胜昔，准备好设备了吗？"可珂旁若无人地在评论区发言。

何胜昔看了一眼，冷冷地说道："差不多了。"

"放首歌来听听。"可珂说。

"想听什么？"何胜昔问。

"听你以前常放给我听的那首，《有我为你守护》。"可珂说。

原来这首歌是放给她听的，梅花翻着白眼，冷笑着盯着屏幕。

随着前奏响起，梅花差点想退出直播间。

申城的PK连了进来，跟何胜昔谈好惩罚后，便进入PK模式。可珂一直在刷礼物，申城那边并没有什么条件，票数很少。

直播间人数越来越多，小蝴蝶和桂圆儿都来了。梅花深吸了口气，在最后一刻一顿刷礼物，远超过可珂。

桂圆儿在评论区发言："梅姐好厉害！"

小蝴蝶说："梅花太帅了！"

其他人也陆续跟风评论，没人提及可珂，大家似乎都不太喜欢她。

歌曲播放完毕，何胜昔问："梅花，还有想听的歌吗？"

"有，《有我为你守护》，听这首，放给我听。"梅花在评论区回复。

何胜昔看到这句话，一下笑了出来，然后又把这首歌放了一遍："梅花，这以后是你的专属歌曲。"

梅花隔着屏幕也笑了出来。

何胜昔下播后，梅花发信息给他："我把她撵走了。"

"谁？"何胜昔回复。

"没事了。"梅花笑着回复。

小蝴蝶发来私信："以后可珂再回来，就这样把她顶掉就行。"

梅花回复："嗯，这么做还是有点意义的。"

从那天起，可珂就再也没有出现在何胜昔的直播间了。

21

第三者

"我和小蝴蝶对你们来说都是国外的,只是通过互联网认识了胜昔。曾经有别的男主播想挖走我们,但是很多人一看我们在胜昔这里有这么高级别的粉丝灯牌,就知道挖不走了。"小无所依私信梅花。

梅花在杜嘉的美容院里帮忙打扫,休息的工夫看到了这条信息。看到小蝴蝶和小无所依对何胜昔的追随与陪伴,梅花不禁感叹,何胜昔这个人还真是很有人格魅力的,她真想亲眼见识下他本尊。

梅花刚想给小无所依回复,又来了一条私信,是二博。

"梅花,相识一场,好心提醒你一下,你别被何胜昔骗了,他专门骗你这种有钱的离婚女人,他和他直播间那几个守护大姐没有一个是关系正常的。像他这种小白脸男主播,就靠出卖色相来骗钱,你别被人家要了还不知道,劝你小心为上。"

这个二博又犯病了。听桂圆儿说,前两天二博和他的榜一大姐又闹掰了。这个人人品就是不行,跟谁都不能长久,总爱背后搞小动作，挺龌龊的。梅花本不想回复，但一想这私信有已读功能，二博知道她看到信息了，不回复，他会不会没完没了地纠缠呢？

想到这儿，梅花回了一个字："嗯。"

返回到和小无所依的聊天页面，梅花发现她又发来好几条以前她帮何胜昔打 PK 的视频以及跟他的聊天记录截屏。视频里，那时候的何胜昔很开心，一脸的稚嫩，跟现在的老成和冷峻相比，以前的他更显得无忧无虑一些。看着这些，梅花心里有些不太舒服，简单回复了一个竖起拇指的表情符号。

这时，一个身材微微发福的短发中年妇女推门而入，径直朝着杜嘉走来，挥手就是一巴掌，重重地打在杜嘉脸上："你这个第三者！你要不要脸！"

杜嘉揞着被打得火辣辣的脸，梅花也被这突如其来的一幕吓愣住了，问道："你是谁啊？上来就打人！"梅花赶紧跑到杜嘉身边，挡在杜嘉前面。

"我是谁？我是王大庆的媳妇！"中年妇女边说边委屈地抽泣起来。

"王大庆是谁啊？"梅花回头低声问杜嘉。

杜嘉揞着脸小声说："就是帮我办贷款的那个老同学。"

梅花一听，也觉得有点不对劲，声音压得更低："你们俩到底是什么关系啊？"

"没关系!"杜嘉解释。

"没关系?你再说一遍没关系!以前他就追过你。还有,这是不是你俩一前一后去宾馆的照片?我找私家侦探拍的,证据都在这儿了,还不承认!"中年妇女从包里抽出来几张王大庆和杜嘉一前一后进宾馆的照片,狠狠地摔到桌子上。

"到底咋回事?"梅花瞪大眼睛,一脸恨铁不成钢地看着杜嘉。

"哎呀,我跟他真没关系!"杜嘉生气地推开挡着她的梅花,走到中年妇女面前,说道:"看来我不说不行了。第三者不是我,我那天是去拦着他跟别的女人幽会的。"

"什么?"中年妇女停止抽泣,低头想了一下,说道:"不对,你说我就信啊?"

"大庆媳妇,跟你说,我也是离过婚的女人,我还有个女儿在前夫那里。我的婚姻就是被第三者介入的,而且还是两个第三者。你觉得我受过这种伤害的人,还会去当别人的第三者吗?我会不知道这种事有多恶心吗?"杜嘉说得很真诚。

"真的?"大庆媳妇一脸疑惑地看着杜嘉。

"王大庆是追我,这不假,但那事儿早就过去了。那次我本来是找他帮我办贷款,但他一看我刚离婚、啥也没有,不太想帮我,然后他说有约会就先走了。我凭女人的直觉,越想越觉得不对劲儿,就跟了过去。结果发现他真是在跟一个女人约会,而且那女人妖里妖气的,她还以为我是大庆的老婆呢,差点跟我打起来。把那女人打发走了之后，我就跟王大庆聊了很多，包括我前夫出轨给我和孩子带来的那种毁灭性的打击，原本好好的一个家就那么毁了。王大庆听完我的事儿之后，看到我这么落魄憔悴，就决定帮我办贷款。他当时也挺感慨的，说真离婚的话，代价挺大的。"

杜嘉解释完后，大庆媳妇知道自己错怪人了，连忙道歉赔不是："你看我这干的是啥事儿，还把自己的恩人给打了，要不你打回来？"

"我打你干啥！"杜嘉被大庆媳妇的憨直逗笑了。

"哎哟，吓死我了。她说你是小三的时候，我差点都不想认你了，你知道吗？"梅花总算松了口气，就近拉了把椅子坐了下来。

"你也太看不起我了，是不是闺密？"杜嘉假装生气地说。

"你这是新开的店吗？"大庆媳妇看了下店内刚装修完的环境问道。

杜嘉无奈地笑着说："是啊，想开个美容院。我得多挣钱，才能把孩子接回来。"

大庆媳妇站起来巡视了一下店内环境，说道："你这店我投资了，你放心大胆地干吧！"

杜嘉和梅花面面相觑。

"哦，我本身就是搞投资的，美容院这一块我也投过。这是我的名片。"大庆媳妇递过来一张名片，上面印着三家投资公司，职务是总经理。

　　三人相聊甚欢，大庆媳妇投资的事情就这么定下来了。送走大庆媳妇后，梅花看了眼手机，小无所依更新了一条动态信息，发的是何胜昔的PK照片合集。梅花脑海里突然浮现出那次小无所依跟何胜昔生气离开后，何胜昔自言自语说要听一首失恋的歌……难道自己真被小三了？

22

前任

"好的前任就该跟死了一样，明白吗！"梁欢气呼呼地把电话挂了，扔到桌子上。

同桌吃饭的还有梅花和林伟，三人正在烧烤摊聚餐。

梅花干咳一下，对林伟说："你听见了吗？好的前任就该跟死了一样。"

林伟瞪了一眼梅花。林伟前妻婚礼那天之后，女方就把林伟的所有联系方式都拉黑了。

"来，走一个。"梁欢举起啤酒杯一饮而尽。

"你少喝点，一个前任至于嘛！"梅花劝着梁欢。

"来！"林伟举起酒杯跟梁欢碰杯，二人喝完又续杯，继续喝。

"唉，今天这个局我是不是有点多余？"梅花看着情伤未愈的梁欢和林伟。

梁欢几杯酒下肚后，脸色有点泛红，说道："我失恋是常态，他大闹前妻婚礼也是挺尴尬的，就你泡在蜜罐子里。"

"我哪有蜜罐子，别胡说。"梅花赶紧否认。

"梅花？"一个熟悉的男人的声音传来。

梅花顺着声音回头看去，竟然是自己的前夫李仁。梅花的表情逐渐收敛，显露出不悦的神情。

"今天是前任大聚会吗？"梁欢歪着头看到李仁，不禁感叹。

"真是你啊！我还以为我看错了呢！"李仁寒暄着。

"看错了还叫。"梅花毫不客气地回怼。

"这不是没看错嘛！"李仁尴尬地解释。

嗲声嗲气的女声传来："李仁，你好了吗？"

梅花看到一个穿着抹胸短裙、黑丝袜的夜店女走了过来，直接搂住李仁的胳膊。两人很亲密，李仁拨弄了下女人的刘海，顺势亲吻了一下对方的额头。

"咦！肉麻！"梁欢打了个冷战，小声说着。

二人亲昵后，夜店女看到了梅花："这个不是你前妻吗？跟照片上也不一样啊，这也太老了！"

"你会不会说话！"梁欢把杯子往桌子上一摔，然后指着李仁说："你能不能把她领走，我们还得吃饭呢！"

"仁，她们真泼辣，咱们赶紧走吧！"夜店女躲在李仁身后，假装害怕地说道。

李仁安抚着夜店女，然后从口袋里抽出一张红色请束："我要结婚了，希望你能来参加我的婚礼，我很想得到你的祝福。"说着，李仁把请柬放到桌子上。

"你这是在挑衅吗？"梁欢气得站了起来，怒视着李仁。

梅花拦住了梁欢，对李仁说："好，我会准时到的，你可以走了。"梅花冷笑着比画了一个"请离开"的手势。

李仁和夜店女离开了。梅花和梁欢坐回座位上，只见林伟拿起桌子上的请柬看了一眼，然后直接撕掉了，撕了个稀巴烂。

"哎，你撕它干什么？"梅花想阻止，但已经来不及了。

"你还打算去啊？"林伟说。

梅花叹了口气，说道："也是，好的前任就该跟死了一样。来，喝一个。"梅花举起酒杯，跟林伟和梁欢碰杯。

"来，今晚咱三人圆满了！"梁欢举杯说。

"喝！"林伟说完，三人又碰了一下杯子。

酒过三巡，申城来找林伟吃饭，碰到了已经微醉的梁欢。梁欢没认出申城来，说道："这小哥哥是谁啊？好帅的脸！"

"哟，这不是 surprise 嘛！"申城一副欠抽的表情，拉开椅子坐在梁欢旁边。

梁欢酒后完全不记得那天申城撞她的事了，掏出手机拉着申城就开始拍合影。

"你这也太热情了，我必须发条动态。"申城坏笑着，举起手机又拍了张四人合影。

过了一会儿，梅花的手机来了信息，是何胜昔发的："你和申城在一起？什么是前任大聚会？谁是谁的前任？"

梅花酒劲儿也上来了："前任？和你有什么关系？"

"你为什么这几天不联系我？"何胜昔质问。

"你的前任是谁？你和小无所依这些守护者都是什么关系？你们干净吗？"梅花憋了几天的话终于说出了口。

"你有病吗？"何胜昔回复。

"有。"梅花回复完，直接把何胜昔拉黑了。

梅花又倒了一杯酒："来，喝酒，又多了个前任……"

23

小黑屋

"欢迎梅宝宝!"苏静在直播间看到梅花进来很开心。

"静宝今天又漂亮了!"梅花看到苏静素雅的妆容,不禁感叹道。

自从与何胜昔闹掰后,梅花每天都来苏静的直播间聊天,二人私下也建立了非常好的朋友关系。

苏静接了个 PK,守护大哥不在,梅花便帮着上了点小票。

"榜一是个大姐啊!"评论区一个叫杜子腾的人发言。榜一正是梅花,榜二则是杜子腾。

梅花点开杜子腾的资料,页面空空如也,没有任何视频信息,地点显示和苏静同一地理位置——延边市。

苏静开口道:"大侄子,梅宝宝是我的好朋友。"

"那你这个榜二快把我挤掉,你来当榜一大哥。"梅花调侃着杜子腾。

杜子腾不接茬,说道:"榜一是友情,榜二是亲情,大哥还得是爱情来当。"

苏静被杜子腾的话逗笑了，说："对，我的直播间亲情友情都有了，就差爱情了。"

正说着，伊人和巨人都回来了，帮着苏静打赢了 PK。梅花就退出了苏静的直播间，到别的直播间逛了逛。

她刷了好多个直播间，有专门跳舞的学长，有唱歌的女神，但这些主播都比较懒，没有一个叫全梅花的网名的。有的主播只有在别人刷礼物时才会表示欢迎，梅花觉得这些势利眼的主播一点意思都没有。后来，她又刷到了一个名叫西西的男主播。这个男主播明显没有用美颜瘦脸功能，展现的是真实颜值。梅花看了一眼对方的资料，发现他是海市某大学播音主持专业毕业的，难怪颜值这么高。于是，梅花进入了西西的直播间。

"欢迎金吧啦银吧啦不如不如铜吧啦！"西西完整地读出了梅花的网名，语气很温和。

"看你的资料你是导演？那是学姐啊！"西西笑容满面，态度平易近人。

"哈哈，你好，学弟。"梅花对西西的印象非常好。

"学姐，你是什么星座？"西西的直播间有二十多个人，对新进来的人都很友善。

"巨蟹座。"梅花回复。

"我也是巨蟹座。"西西笑着说。

"我是7月7号的巨蟹座。"梅花回复。

西西一下很惊讶,说道:"我是7月8号!"

在这个时代,聊星座非常容易拉近与陌生人的距离,但是梅花还是觉得很巧合的,回复道:"挺巧的。"

这时,一个一串数字组成的账号进来,一通复制乱发:"欢迎关注某某博彩……"

"又进来一个刷屏的人,我把他拉进小黑屋。"西西说。

数字账号被拉进黑名单后,梅花看到自己的名字在直播间飘屏。"我被设置成了管理员?"梅花问。

"对啊,学姐。"西西笑着说。

"果然星座是当下年轻人间拉近距离最有效的社交话题。"梅花笑着打出这段文字,配上了个笑脸表情。

西西笑着说:"学姐,你是帝都的?明年我也准备离开海市回帝都了。"

"回帝都?以前你也在这边吗?"梅花问。

"对,我在那边好几年,后来家人生病了,我回海市,边照顾家人边做直播,明年3月我就不做直播了,准备回帝都做教学工作。"

"好,那你回来的时候和我联系,我请你吃饭。"梅花说。

"行啊,学姐。"西西很开心。

梅花的手机收到一条私信,打开一看,是杜子腾发来的:

"你家静宝被守护大哥气哭了，你快过来看看吧！"

"好。"梅花回复完，和西西道了别，便回到了苏静的直播间。苏静已经停止了哭泣，但眼睛依然红红的，可以看出她刚刚哭过。

"怎么了，静宝？"梅花关切地问道。苏静不是一个矫情的人，能让她哭的事，一定是真的气到她了。

"我把伊人拉黑了，他已经严重影响到我的直播工作了。"苏静抽泣着说。

原来，伊人看到另一个守护大哥给苏静上票比较多，心里不是滋味，就和对方吵了几句。苏静认为直播是她的工作，她很感谢守护大哥们一直以来的厚爱，但是不能因为别人上票，就和别人吵架，这样一来，她这个直播工作就没法进行下去了。

苏静从来不像其他女主播那样，和守护者们玩暧昧。她尊重并且感谢每一个守护大哥。所以，对于守护者们内部混战这种事情她是很反感的。她说，她的直播间绝对不允许这种事情发生。她之所以会哭，是因为她觉得直播的工作真的很难做。每天连续播七八个小时，不停地输出情绪价值，真的很累，每天挣不了几个钱，还很容易抑郁。尽管如此，她依然要在屏幕前把最好的状态展现出来，要对得起每一位粉丝。结果，守护大哥们却这么不理解她的工作，这让她一瞬间情绪崩溃，哭了出来。

"静宝，平复下情绪，你哭的样子都这么美啊！"梅花试图缓和苏静的情绪。

苏静看到这句话一下子笑了出来。

"好哄的女人有福气！"梅花隔着屏幕笑着打出这句话。

苏静又笑了，边擦眼泪边笑。

"看来还得是你来！"杜子腾对梅花说。

"当然了，我们是多铁的友情啊！你别惹我啊，要不然我让静宝把你关进小黑屋。"梅花笑着回复。

杜子腾发了一个尴尬的表情。

苏静被这两个人逗得再次笑了起来，她的笑容甜美而灿烂……

24
新号

"我抑郁了。"苏静给梅花发来微信。

苏静做了3年主播，她一直试图维护好和守护大哥们之间的和谐关系，但还是经常发生守护者之间争风吃醋的事情，每次都闹得很不愉快。她从不和任何守护者谈恋爱，这是她对自己这份工作的尊重；她努力输出高质量的情绪价值，让来她直播间的人甩掉现实中的压力，开开心心度过几个小时，她觉得这样就很有成就感了。至于守护大哥们，有票就帮忙上票、打打PK，没票的时候大家就聊会儿天，倾诉一天的烦恼，这样就很好了。然而，往往事与愿违。以前守护者们闹得严重的时候，她停播了很长一段时间，那段时间她什么都不做，有的偏激的人甚至打听到了她的住所，让她很是恐惧。事情闹到最后，守护大哥们都退了一步，彼此讲和才算收场。

"你把他关小黑屋，他会不会换个新号来？"梅花用微信问正在直播的苏静。

苏静情绪很低落，回复信息："现在在空刷礼物的这个一串数字的新号就是他。"

直播间的榜一是一个一串数字的账号，刷了很多礼物给苏静。

"原来如此，我还以为来新的守护大哥了呢！"梅花回复道。

梅花看到屏幕前的苏静情绪还是很低落，便试图在直播间转移话题："杜子腾在干吗？又去看别的直播间的小姐姐了吗？"

"榜一大哥有什么事找我？要刷大礼吗？"杜子腾反击，调侃着梅花。

"别瞎说，榜一大哥还在那刷礼物呢！"梅花提醒道。

"何胜昔好像开播了。"杜子腾故意把话题转移到何胜昔身上。

"那你去看呗！"梅花回复。

"你不去吗？"杜子腾之前从苏静和梅花的聊天里知道梅花是从何胜昔的直播间来的。

"大侄子，你唱首歌呗！"苏静说。

"我唱歌得有人给我送花，金吧啦，你想听吗？"杜子腾问梅花。

梅花半天没回复，是因为她收到了何胜昔的私信。

"我没开播。"何胜昔说。

"你能看见我们说话？没看见你小号啊！"梅花诧异地说。

"你把我的微信加回来，我有话跟你说。"何胜昔回复。

"就这样私信说就行了。"梅花有些生气地说。

"这里说不了，你通过一下，我给你发个视频。"何胜昔催促着。

梅花也没那么生气了，心里想着，通过一下看他搞什么名堂。通过好友申请后，何胜昔发来了一段视频，是奥特曼的视频，视频里配着一句话："你相信光吗？"

梅花翻了个白眼，刚想回怼，何胜昔又发来一条信息："你相信光吗？相信我吗？"

梅花愣了一下，想了片刻，回复了一个问号。

"我希望你能相信我。"何胜昔回复道。

这时，梅花听到直播间里苏静在问："梅宝宝，你还在吗？杜子腾要唱歌，听不听？"

梅花赶紧在公屏回复苏静："听！"

苏静和杜子腾连线，杜子腾放了一首原唱的《成都》。

"这也不是他唱的啊！"苏静揭穿了杜子腾，"我知道他唱歌什么样，我这有他唱歌的录音，我放给你们听。"

苏静挂断杜子腾的连线，播放起杜子腾的录音，走音跑调……

梅花在公屏上打了一堆笑脸表情。

"我也能唱！"何胜昔发来信息。

"啊？你怎么知道的？你换新号了？"梅花点开苏静的直播间列表，人数太多，实在看不出来哪个可能是何胜昔。

"和好吧！"何胜昔说。

梅花笑了一下，回道："嗯……"

25

亲人

在杜嘉的美容院，梅花坐在沙发上，脸上敷着冰凉的麻药，等待着打水光针。梅花是杜嘉短期培训学成归来后的第一个试验对象。

"我很紧张。"杜嘉坐在梅花对面说。

"该紧张的应该是我吧？"梅花脸上麻药逐渐起效，说话时面部表情有点不受控制。

"你不懂！"杜嘉搓了搓手。

梅花想翻个白眼，结果在麻药的作用下，发现眼皮翻不动，眨了半天眼睛只好放弃。

手机震动，梅花看了一眼，是小蝴蝶发来的私信："梅花，我们和胜昔都像家人一样，大家都是非常好的关系，不是亲人，胜似亲人。依姐年纪比我们都大很多，把胜昔当孩子一样看待，我把胜昔当弟弟看，从不掺杂其他的东西，你的到来令我们很开心……"

这条信息看起来更像是解释，不太像何胜昔的意思。也许是小蝴蝶看到这几天梅花没有出现，出来帮忙维护守护者之间的关系，应该是这样的，梅花思考着要怎么回复。

"到时间了，我要动手了，你躺好！"说着，杜嘉就把梅花的手机强行拿了过去。

"杜嘉，你说什么叫亲人？"梅花在美容床上躺好。

"亲人？"杜嘉给梅花盖好被子，"我和我女儿是亲人，和我前夫不是；我和我妈是亲人，和我隔壁的邻居不是。"

"啥意思？"梅花没听懂。

"啥意思，就是说你得有血缘关系才是亲人，没有血缘关系的都不能叫亲人。"杜嘉边说边拿起水光针剂在梅花脸上操作了起来。

"那你、我和梁欢又是什么关系呢？哎呀，好疼……"梅花被突然扎进脸里的针剂刺痛。

"我们三个这是友情啊！我不喜欢把亲情、爱情、友情混为一谈，"打完一针，杜嘉又拿了一支新的针剂，"爱情就是爱情，它不是亲情，也不是友情；同理，亲情就是血缘关系，它不可能变成友情；友情就是友情，友情伟大起来不输亲情和爱情。我很反感很多人把这三者互相转换、混为一谈。明明是爱情，非说变成亲情了，这意味着啥？意味着没有爱情了。它不是变成亲情了，而是不爱了，只是给自己那些年的情感付出找个能接受的理由和台阶而已，你明白吗？同理，明明是友情，非说成亲情，这种行为就有故意套近乎的嫌疑。比如，我

跟你示好，想和你拉近关系，就说咱们是亲情，但这种明显都
是想讨好对方的说法，凡是这么说的人最后关系都疏远了。"

"疼……疼……疼死我了……"梅花脸上满是针眼，疼得
哇哇直叫。

门突然被推开，梁欢拎着三份外卖进来，"祖宗，在楼道
就听见你喊了，声音也太大了！"她赶紧把门关上。

针剂弄完，杜嘉长舒一口气，这毕竟是第一次实操。"总
算完事儿了。"杜嘉说完，给梅花敷上冰面膜，缓解打针带来
的疼痛。

梅花也总算能安生地躺会儿了。

"欢子，你说什么是亲人？"梅花问道。

梁欢抽了张纸巾，打开外卖，边吃边说："亲人？我们就
是亲人啊！"

"哎，杜嘉你看，梁欢和你说的就不一样吧！"梅花歪着
头看杜嘉。

"你说说我们怎么是亲人了呢？"杜嘉坐到梁欢对面，也
打开外卖开吃。

"我们还不是亲人？我们三个在这座城市里无依无靠，互
相取暖，你们的人生大事儿我全跟着经历了，什么结婚生子、
离婚创业，哪个我没参与？"梁欢说得很来劲儿。

"那也不是血亲啊！"杜嘉插话道。

梁欢吃到一半儿，筷子停了下来，回道："你这话我就不爱听了。我们不就差那几滴血吗？你要真觉得差这几滴血，我去找把刀来，咱们今天就歃血为盟。你这小妮子真是铁石心肠！"

看到梁欢这么认真，杜嘉开始缓和语气："我可不想喝你的血，嫌腥。"

梁欢也开始撒娇："完了，这才哪到哪，现在就开始嫌弃我了……"

梅花的手机又开始震动："梁欢，去把我的手机给我拿过来。"

梁欢帮忙递过手机，对杜嘉说道："看见没，亲人就是你咋说，我咋干，这么指使我，我有一句怨气吗？"

"你去一边的……"梅花笑着接过手机说着，杜嘉也被逗笑了。

梅花打开手机，一条私信映入眼帘。发私信的账号有点眼熟，应该是在何胜昔的直播间见过。"你好，我是何胜昔的亲人，我是他亲叔叔。"

26

奔现

入秋时节，风很大，太阳依旧炽烈。梅花戴着墨镜，穿着防风衣，拖着行李箱走进小区。她刚从外地演出归来，满身疲惫。乘坐电梯时，梅花想起前几天收到何胜昔叔叔的私信的事，总觉得有些奇怪。对方只是打了个招呼，并没有多说什么。事后，梅花问何胜昔他叔叔的事，何胜昔却回答："这个号我不认识。"或许是网络骗子？但也不对啊，这个号确实在何胜昔直播间出现过。梅花心想，这中间一定有什么问题。若真有事，对方还会再联系的，不如先静观其变吧。

进了家门，梅花洗完澡，躺在沙发上听着音乐剧的素材曲目。她一直想举办一场大型音乐剧，这大概是每个舞台导演的梦想。为了实现这个梦想，梅花一直在努力做着准备。

一条私信打断了正在播放的音乐，是小蝴蝶发来的一条网络男主播和榜一大姐奔现的视频。视频中，网络男主播在没有美颜滤镜的情况下，真实颜值丑得惊人，气质优雅的榜一大姐的修图照片和真人矮、黑、胖的对比，让人大跌眼镜。

梅花回复了一个笑脸表情。

"开播了。"小蝴蝶说。

"好的。"梅花回复。

梅花出差这几天很忙，好几天没看何胜昔的直播，总感觉他看起来哪里不太对劲儿。

"梅姐，你看何胜昔的瘦脸美颜是不是越开越大？"桂圆儿私信问。

"可能是胖了点，瘦脸就开大了。"梅花回复。

"你说何胜昔到底长什么样？都说网络主播摘掉美颜和滤镜就没法见人了。"桂圆儿说。

"他应该还行吧。"梅花回复。

"不好说。"桂圆儿说完便继续看直播了。

何胜昔接了个 PK，对方是个看起来小巧可爱的女主播，叫小路，资料上写着 23 岁，山东人。

"玩啥？"小路问。通常，问得这么直接的都是相互之间比较熟的主播。

"你那么点儿个头能玩啥？"何胜昔开起玩笑来。

"我个儿矮碍着你事儿了吗？"小路笑着回怼。

桂圆儿在评论区发言："你们见过吗？"

何胜昔说："对，我和她在现实中见过一次。那次，她来月山市拍视频，在商场里排队买奶茶时，她站在我前面。我当时就想，这人怎么长这么矮。她一转过来，我发现是她。哎，你告诉我家人们，我现实里长得帅不帅。"

"何胜昔家人们，我跟你们说，他那长相，那皮肤老白了，跟个小姑娘似的。"小路斟酌了一下，没说太狠。

何胜昔不死心："帅不帅？"

小路无奈地笑着说："帅帅帅，快说，玩啥？"

"你输了在脸上写'帅'，我输了在脸上写'美'。"何胜昔说。

"好，闭麦吧。"小路也很干脆。

梅花给何胜昔发微信："我们见个面吧。"

"最近不行，我哥病了，在住院，我要照顾他，等过了这段时间再说吧。"何胜昔回复时，梅花看到直播间里他的表情阴沉，没了刚才的笑脸。

"你哥怎么了？"

"糖尿病，不是第一次住院了。"何胜昔回复。

这时，PK临近结束，梅花给何胜昔刷了一个大礼物，赢了小路。小路按照约定的惩罚，在额头上写了一个"帅"字便离开了。

梅花想了想，在微信里给何胜昔转了个红包，并附言：

"我们老家有个习俗，亲人生病了都要去看一下。我们异地，不能亲自去看，红包你收下吧，一点心意，祝你哥哥早日康复。"

何胜昔回复道："谢谢你的好意。"随后收了红包。

27

女粉丝

杜嘉美容院的生意越来越好了，她还招了一名员工，平时忙得不亦乐乎。

秋意正浓，地上满是金黄的落叶。梅花穿着风衣推门而入，门开时，几片树叶随风飘了进来。

"风可真大！"梅花整理了一下被吹乱的黑长直发。

梁欢坐在前台，撇着嘴，一副不高兴的样子。

"你怎么了？"梅花问梁欢，梁欢没回答。

杜嘉从美容室里走出来给顾客拿毛巾，回道："她都坐这儿一个小时了。"

"怎么了，欢子？"梅花走到梁欢身边，安慰道。

"何胜昔的女粉丝多吗？"梁欢噘着嘴问梅花。

"多啊，为啥这么问？"梅花觉得莫名其妙。

"他们男主播为什么有那么多女粉丝？"梁欢气鼓鼓地问。

"他们……男主播？谁啊？"梅花似乎抓住了梁欢话题的重点。

梁欢叹了口气，说道："你认识的。"

梅花思考了片刻，一脸惊讶的表情，问道："申城？"

"嗯！"梁欢一副很不想承认的样子。

"啊？你俩啥时候的事儿啊？"虽然已经猜到，但梅花听到确切答案后还是惊掉了下巴。

"就是上次碰见你前夫李仁的那天晚上，不是他送我回家的嘛！我那天吐了他一身，然后他就趁我睡着……"

梁欢没说完，梅花就抢过话来："啥？趁你睡着？这小崽子！"

"哎呀，你听我说完。他趁我睡着洗了个澡，就在我家沙发上睡了一宿，结果睡感冒了。我挺不好意思的，毕竟是他送我回家才导致的，我就照顾了他两天，直到他退烧。那之后就留了联系方式，然后我没事的时候就去看他直播，有时候也约着吃个饭，一来二去的就对上眼了。"梁欢叙述着和申城在一起的过程。

"那你俩这是姐弟恋啊，他可比你小七八岁呢！"梅花试探着说。

"姐弟恋现在多着呢，这倒不是主要问题。问题是，他是个男主播，直播间里全是女粉丝，左一个小姐姐，右一个小妹妹的，我真是受不了。"梁欢越说越生气。

"女粉丝这倒是正常的，主播这个行业就是要面对这些男男女女、情情爱爱的事。重点是他对你是不是真心。他比你小这么多，靠得住吗？"梅花问梁欢。

梁欢叹了口气，说道："年纪在我这儿不是问题，我就是不能接受他和那些女粉丝的暧昧关系。维护粉丝也不用这么暧昧吧？"

梅花分析道："每个主播处理这个问题的方法不一样。有的靠谈情说爱来维系关系，有的则和粉丝处成了朋友，还有的是公司帮着维系粉丝关系。不过，做这行的，桃花肯定都旺。你又没接触过这类圈子，思想肯定会保守一些。普通人很难接受这些，要内心很强大才行。你觉得你行吗？"

梁欢又叹了口气，摇了摇头。

突然，门又被打开了。落叶还没来得及进屋，门就被使劲关上了。申城气喘吁吁地跑了进来，满头大汗，看到梁欢就问："你为什么不接我电话？"

梁欢生气地别过头，一副不想搭理申城的样子。

"我给你打了几十个电话，你都不接，连个解释的机会都不给吗？"申城边说边擦了下额头上流下来的汗。

梅花见状赶紧打圆场，递了张纸巾给申城："看你跑得满头大汗的，可别再感冒了。"

梁欢瞪了梅花一眼，继续噘着嘴。

"梅姐，她连解释都不听，判人死刑前也得给个申辩的机会吧。"申城擦完汗，把用过的纸巾扔到垃圾桶里。

梅花当起了和事佬："那你解释解释吧，我听听。"

"姐，别的我也不说了，明天我就正式公布我谈恋爱了，这样你放心了吧？"申城一脸真诚地看着梁欢。

"你小子可以啊！挺爷们儿啊！"梅花很激动，站起来拍着申城的肩膀说道。

梁欢也有点震惊，回过头看了一眼申城，但碍于面子，又瞪了一眼申城。

梅花对梁欢说："欢子，你差不多行了。你知道对于一个PK男主播来说，公布恋情需要多大的勇气吗？申城是个爷们儿，在我这儿这一关他是过了，剩下就看你的了。"

梁欢看了看梅花，刚想说什么又咽了回去，最后就说了个"嗯"。

"谢谢我梅姐！"申城高兴地冲过去抱起梁欢转圈，结果两人没站稳，摔倒在第一次两人相识时梁欢摔倒的门后位置……

28

欠债

何胜昔正在直播，突然一阵敲门声从他那边传来。他摘下耳机去开门，接着传来一阵吵闹声和砸东西的声音。手机屏幕只能看到一个转椅大小的空间。突然间，一个陌生男子出现在屏幕前，关掉了直播。

直播突然中断，粉丝们都在群里一直问到底发生了什么事。还有人说那个陌生男子看起来不像好人，要不要替何胜昔报警。作为管理员的小蝴蝶一直在群里安抚大家。

梅花给何胜昔打电话，对方已关机。

桂圆儿给梅花发来信息："梅姐，你说用不用报警啊？"

"不用。"梅花突然想起什么，说道，"桂圆儿，你记得何胜昔叔叔和路察两个人的小号吗？"

"记得。"桂圆儿急忙回复。

"你去和这两个号联系一下。他们是同城的，看看他们能不能联系上何胜昔。小蝴蝶和小无所依都是国外的，我们跟何胜昔也不在同一个城市，这个时候能帮上忙的只有他们两个了。"梅花回复着。

"明白，我这就去问。"桂圆儿火速去问。

就在这时，小无所依给梅花发来私信："胜昔叔叔跟我联系了，他说是胜昔的哥哥赌博欠债，债主追上门了。他哥哥在住院，等着做手术，但手术费不够，医院不让随便进出，这些人就直接闹到胜昔家里去了。"

"那何胜昔现在怎么样了？"梅花赶忙追问。

"胜昔没事。那些人把他家砸了，看他实在没钱，就让他签了欠款利息的协议，然后走了，还让他半个月内还上钱。"小无所依回复得也很快。

"他们欠了多少钱？"梅花问。

"两百三十万。"小无所依过了一会儿回复。

"这么多？"梅花非常惊讶何胜昔竟然扛着这么多债务。

"算上利息差不多这些。"小无所依回复。

三天过去了，何胜昔一直没有消息。梅花边开车边想着这些事情，一不小心闯了红灯。后面的警车里传来喇叭声，示意梅花靠边停车。

梅花停好车，被警察批评教育了一番。她认错态度良好，拿着罚单正准备上车，申城从后面走过来，拍了下梅花的肩膀，说道："姐，真是你啊！这咋还被罚了呢？梁欢说你平时开车挺小心的啊！"

"刚才想事儿没注意红灯。你也是去美容院那里吧，走，上车。"梅花的情绪有些低落，示意申城一起上车。

申城上车后，系好安全带，问道："你是不是因为何胜昔的事儿啊？"

梅花看了一眼申城，说道："嗯，他好几天没消息了。"说着，发动了车子。

申城坐正身体，说道："他哥欠那么多钱，这事儿不好办，你还是离他远点吧！"

梅花没说话。

"你……不会想帮他吧？"申城试探着问梅花。

"嗯，对。"梅花轻描淡写地说。

"你不是吧！"申城急了，"这么多钱，你怎么帮啊？我跟你说啊，主播里不靠谱的太多了，像我这么靠谱的太少了，这水深着呢！"

梅花又没说话。

申城突然想到了什么，眼睛瞪得很大，说道："姐，你不会……已经帮了吧？"

梅花使劲儿捏了一下方向盘，回道："嗯。"

"不是吧！这么大一笔钱，你说帮就帮啊？你平时看起来挺理智的一个人，怎么也这么恋爱脑呢？"申城惊讶得嘴巴都合不拢了。

"你别跟欢子和林伟他们说。"梅花淡定地开着车。

申城有些无奈,一边震惊一边摇头:"你不怕他是骗你的吗?"

"我相信他。"梅花冷静地说。

"钱是怎么转的,你跟我说说。"申城急得追问。

"转到了他叔叔那里,小无所依那边确认过身份了,都没问题。"梅花说。

申城一副恨铁不成钢的样子:"你跟他都没见过面,你就敢给他转这么多钱,你疯了吗?"

"那我也不能见死不救啊!"梅花有点烦躁了,"马上到店里了,你跟谁都不能说这件事,听见了吗?"

申城气得叹了口气,答应道:"嗯,知道了。"

29

抑郁

"梅宝宝，我好几天没直播了，抑郁了。"苏静给梅花发来微信，"最近感觉自己好像陷入了一个怪圈，害怕面对生活，逃避工作，逃避所有人，其实我知道，我是在逃避自己。我想倾诉，可我不知道从哪儿说起，也不知道跟谁说，好像说了也没用，我能依靠的似乎也只有我自己。凌晨五点，像这种一宿一宿神经衰弱、失眠的日子，我已经记不清熬过多少个夜晚了。我是一名网络主播，工作属性让我拥有很多爱我的粉丝。如果不是做了主播，我竟不知自己还能被这么多人喜欢。这两天朋友一直劝我快回去好好工作，大家都等着我上线呢，我却越发觉得自己不配。我真的很想把心底最不愿面对的东西揭开给自己看一看，也给大家看一看。极度的真诚便可以无坚不摧。我从来不缺少勇气，从头再来也好，身处人生低谷也罢，我想做生活里的大英雄——保护家人，关心朋友。我想做大家的精神支柱，想带给大家快乐，想把所有最积极的能量都传递给我的粉丝，好配得上大家对我的喜欢。但我能力有限，我太普通，处理不好人际关系，不会提供情绪价值，讲不出好听的话，也不愿意违背自己的内心。无论是在互联网上，还是在现实生活中，我都没有人设。我只想真实地做自己，好好生活，好好活着。我做不到让每个人都满意，可在我的能力范围内，我真的已经尽力了……唉，不过我还是会尽快调整好自己，回去工作。毕竟，心可以碎，但手不能停。赚钱养父母，这是一个成年人应尽的责任……"

看完这洋洋洒洒的一大段文字，梅花猜测应该是苏静的守护大哥们又开始找麻烦了。其实，像苏静和何胜昔这种类型的主播，都是在现实生活中没有什么背景、没有靠山的年轻人，只能靠自己的双手去打拼。想挣直播间礼物的钱再正常不过了，这是他们的工作。有很多主播使用各种下三滥的手段，有的明明已婚，却利用单身人设去骗女粉丝的钱和感情。网络上也曾曝光过很多这类新闻。

但正如苏静说的，她尊重自己的这份职业。她在直播间里提供的是让大家放下一天的疲惫，开开心心过几个小时，从而提高情绪价值。当然，守护者们不是这么想的，他们出于对苏静的爱慕而来，但苏静一直洁身自好。尽管她一次次立规矩，明确表示不谈男女感情，但时间一久，大哥们越来越按捺不住爱意，互相挑事儿。每次到最后，矛头都对准了苏静。有对她威胁恐吓的、有报警的、有找律师的，还有暗地里跟踪她的……守护者们是不能得罪的，毕竟刷大礼物的大多是这些人。苏静陷入了两难的境地，一度想摆脱这种局面，但她还得赚钱养家……这一系列的挣扎和矛盾摆在眼前，这就是导致苏静抑郁的原因。

梅花给苏静打过去语音电话。电话接通后，梅花问："你还好吗？"

苏静停顿了一会儿，说："梅花，好难，你知道我都承受了什么吗？"

"我知道，我都知道。"梅花安慰着苏静。

听到这句话，苏静突然失声痛哭，哭了一个多小时。苏静哭累了，不知不觉睡着了。梅花没有打扰她，悄悄地挂断了电话……

梅花也累了，躺在床上回想着苏静说的这些话，手机消息又来了。

"我要直播。"是何胜昔发来的。

"你这几天没消息，事情怎么样了？"梅花急忙问。

"谢谢你。"何胜昔回复道。

正说着，梅花的手机弹出何胜昔开播的消息提醒。梅花赶紧点开，只见何胜昔有点消瘦，脸色微红、眼神涣散地坐在手机屏幕前直播。

桂圆儿在评论区问:"胜昔,你是喝酒了吗?"

但何胜昔并没有看屏幕,而是直接趴在了桌子上。

大家在评论区议论纷纷,基本可以确定何胜昔喝多了。

没过多久,何胜昔突然起身关掉了直播。

小无所依给梅花发来私信:"给他发消息他没有回复。大家都在说胜昔最近是不是抑郁了,我很担心他。你相信吗?认识他好几年了,但我们连一个电话都没打过……"

梅花没心情回复小无所依,直接给何胜昔发微信:"你还好吗?"

过了许久,何胜昔回了一句:"不好……"

30

姐妹

半夜，梅花躺在床上，满脑子都是何胜昔和苏静的事情，翻来覆去睡不着，习惯性地打开手机直播页面，但在这个时间点，几乎没有什么认识的人在直播。刷着刷着，突然刷出来一个熟悉的面孔——涂涂。何胜昔曾经和涂涂连过PK。涂涂看着是一个二十岁出头的男生，但实际上稍加观察就能发现她是女生。她也曾开玩笑地对何胜昔表达过爱意，很幽默，所以梅花对她印象十分深刻。

梅花点进了涂涂的直播间，发现她是情感类主播。这个时间点还有两百多位粉丝在线，这里就像一个情感收容所，聚集了一群情感受伤的人。

"哟，这不是何胜昔家的守护者嘛！欢迎金吧啦！"涂涂有些嗲气地说道。

梅花先是送了一个热气球的小礼物，然后发了一堆笑脸表情。

"哎哟，谢谢金吧啦！我跟你说金吧啦，别看我直播间有这么多人，没一个给我刷礼物的，我叨叨一晚上也挣不了几十块钱。"涂涂情绪转换很快。

评论区里开始有人插话："我们对你是真爱。"

涂涂看见发言，一脸嫌弃地白了一眼，说道："真爱个屁，要是真爱，就给我刷个嘉年华，不刷就不是真爱。"（嘉年华是直播间能送的大礼物之一。）

梅花又发了一堆捂脸笑的表情。涂涂这人是真性情，毫不掩饰，听她说话就会暂时忘却之前的烦恼。

"涂涂，你会抑郁吗？"梅花在评论区问。

"会啊，我也会抑郁。"涂涂接着说，"哎，你知道抑郁的人为什么会走极端吗？其实是因为这个世界太冷漠了。就像我，有重度抑郁症，但我还是会开心快乐地过下去。可能我的经历与众不同，我本来就是从深渊里爬出来的人，所以真正抑郁的人，别人是感受不到他的压抑的，他会很努力、很开心地去生活。"

"涂涂说得很有道理。"梅花若有所思地回复道。

"所以希望大家好好地活下去，一切都是擦伤，活着就好，身外之物不用太在乎。"涂涂笑着说。

"嗯，对。"梅花同时发了一个竖起大拇指的表情。

评论区里路人甲问："被爱的人欺骗和伤害了，我该怎么办呢？"

"时间久了，我们就会原谅那些伤害过我们的人。有一天，我们也会平静地说出我们经历过的那些事，你会发现其实都不重要了。然后仔细想想，也不是真的原谅了，怎么说呢，就是算了，人走茶凉，终究是冷淡收场。"涂涂说。

路人乙问："怎么放下一个曾经认真爱过的人？"

"没有谁愿意放弃一个自己喜欢了很久、认真爱过的人。只是冷漠和敷衍的话听得多了，失望和心酸也就攒够了。不是不喜欢了，而是明白自己该放下了。也不是对方不好了，而是你要明白，和他在一起的时候，你的状态不好。没有对与错，我们要学会用离开的方式去善待自己。就算你很喜欢海，你也不能去跳海，是不是？"涂涂笑了一下。

路人丙问："爱的人要离开我，我该怎么办？"

"走就走了嘛。要知道，和爱的人分别没什么。我们毕竟一起走过一段路。至少我们看见的是同一个太阳、同一个月亮。怀念并不一定要拥有，喜欢也并不一定非要见面。每段距离和遗憾都有它存在的意义，所以分离才是人间常态。"涂涂说。

路人甲又问："前任找我复合，但我们已经没有之前的信任了，是我的问题吗？"

"这不是谁的问题。这世上只有和好，没有如初。人和人之间，一旦有了隔阂，就真的很难再走近了。有些人会旧事重提，是因为那件事从来没有被妥善地解决。真心耗尽了，剩下的就只是疲乏和冷漠了。在细节中崩溃，在失望中放手。爱是细节，不爱也是。点到为止就好……"涂涂笑着说。

听着涂涂说的这些，梅花竟然流下了眼泪。好奇怪，怎么会流泪呢？梅花无奈地笑了一下。不知何时，她听着听着就睡着了。她梦见了何胜昔要离开的背影，她想去抓住他的手，双脚却被困在原地，怎么也挪动不了，只能眼睁睁地看着爱的人就这样离开……

31

甜蜜的恋爱

何胜昔又是好几天没开播。听小无所依说，何胜昔的哥哥欠了不止那两百多万元，还有一大笔欠款。债主知道他们有还款能力后都堵到他们家门口了。何胜昔也是在这个时候才知道他哥哥有其他的欠款，这也是他那天直播时崩溃的原因。

"我都听说了，何胜昔的哥哥还有欠款，你不许再帮忙了。"申城小声地对梅花说。

此时，二人正在杜嘉的美容院沙发上坐着。杜嘉在美容室给梁欢做皮肤护理。梁欢最近经常熬夜陪着申城直播，长了很多痘痘，所以来找杜嘉帮忙清痘。

申城看梅花没回应，又说道："姐，你听句劝，这是个无底洞。"

"嗯。"梅花低着头敷衍了一句。

正说着，林伟拎着一堆吃的推门进来了。

梅花无精打采地站起来，想去接林伟手里的吃的。谁知林伟把手往后一缩，梅花扑了个空。她好奇地看着林伟，问道：

"啥意思?"

林伟尴尬地咳了一声,说道:"哦,没啥……不是给你的。"

梅花更诧异了:"嗯?啥意思?"

林伟又咳了一声,吞吞吐吐地说:"没啥,给那个……那谁,杜嘉,给杜嘉买的。"

梅花眼睛瞪得更大了,看了看杜嘉的方向,又看了看林伟,说道:"啥意思!"

"哎呀,你啥意思啥呀!"林伟推开梅花,朝美容室里看了看,又看回梅花,眼神中闪过一丝躲闪。

"你们俩啥时候的事儿啊?"梅花上前扯了下林伟的胳膊,急切地追问。

林伟甩开梅花的手,在沙发上坐了下来:"就有一天,杜嘉大晚上一个人回家被人尾随,我正好路过,把那人打跑了,然后我就把她送回家了。从那天开始,我每天陪她回家,慢慢地……就……"

"就在一起了?"梅花抢先问道。

"嗯!"林伟点头承认了。

"你可真行啊,你们俩竟然不告诉我!"梅花说着,挤到林伟和申城中间坐下,林伟和申城被挤得朝两边挪了挪位置。

梅花朝左边看看林伟,又朝右边看看申城,调侃道:"哎!你们俩是不是不知不觉就把我的两个闺密都给拿下了?"

林伟和申城互相看了一眼对方，默契地点了点头。

"你们都当我是空气是不是？"梅花有点生气，左看看右看看。

"没有没有没有……"两人摆着手，一致否认。

"等你们把喜帖都印好了再告诉我得了呗！"梅花气得拍了下大腿。

林伟推了下梅花，用哄人的语气说："你看这生什么气呢！"

梅花长长地吐了口气，生硬地说："我生气了吗？我这是开心，看不出来吗？"

林伟和申城一起摇头，异口同声地说："看不出来。"

梅花叹了口气，语气缓和了一些，说："我是真的替你们开心。你们俩也是知根知底的人，我也放心把她们交给你们。我是自己的事情不开心，和你们无关，有点感伤。"

申城明白了梅花所指，刚想说什么，却被梅花一个眼神制止了。

这时，梁欢和杜嘉从美容室里走了出来。申城走到梁欢身边，关切地询问她脸上的痘痘清理得怎么样了；林伟走到杜嘉身边，从袋子里拿出杜嘉最喜欢喝的饮料。

"唉！"梅花叹了口气，四人的目光同时被吸引过来。梅花摆了摆手，说道："没事儿，你们继续。让我当个旁观者，静静地看着你们甜蜜恋爱。"

　　杜嘉和梁欢对视了一下，然后一起走过来坐在梅花身边，一人一边亲了亲梅花的脸颊。梁欢说："甜蜜的恋爱，永远是我们三个！"

　　说完，三个人哈哈地笑了起来……

32

恶意

秋末的一个下午，梅花在剧场等待演员们进行音乐剧彩排，结果早到了一个小时。她无聊地拿出手机，女主播小路的直播提醒弹了出来。梅花对小路印象深刻，因为她见过现实中的何胜昔。梅花点开小路的主页视频作品，其中一个视频里，她穿着红棉袄在集市上溜达，展现出阳光可爱、青春活泼、略带性感的女孩形象。

梅花点进了小路的直播间。只见小路的头发一边梳着长辫子，另一边随意散开。

"这个不是何胜昔家的大姐嘛！"小路认出了梅花，直播里这个带有口音的北方姑娘和视频里的青春洋溢的小路还是有些不太相符。

"哈哈，你认识我啊？你好啊！"梅花在评论区打字回复。

"当然认识了，好几次你帮何胜昔和我打 PK，我都输了。我们家小哥哥还说你长得好看呢，有一次我还刷到了你的视频。"小路热情地聊着。

梅花发了一堆笑脸的表情，随后说道："这有点尴尬了……"随手刷了个烟花礼物以表歉意。

小路连忙摆手："没事，梅姐，你不用客气。主播打 PK 嘛，输赢再正常不过了。"正说着，一个显示小路粉丝灯牌等级很高的账号飘了进来，一看就是小路的专业守护者。小路说道："哎，蒋讲你来啦，快来看何胜昔家的梅姐，上次你不还夸人家好看来着嘛!"

蒋讲礼貌地打着招呼："梅姐好!"

"你好!"梅花点开蒋讲的资料，26 岁，头像一看就是个皮肤白白、有点微胖的大男孩形象，和小路无论从年纪还是外形都很搭。

突然，评论区一个数字账号蹦出来一句话："多少钱一晚上?"

"又是黑粉。"小路看到后无奈地拉黑了对方。

梅花关心地问："女主播都容易遇到这类恶意黑粉吧?"

"对，这都是家常便饭了，我也见怪不怪了。说什么的都有，有攻击我长相的，有攻击我身材的，还有说我唱歌难听的。自从当了女主播后，内心都变强大很多了。"小路说道。

"别的不说，你唱歌是不太好听。"蒋讲在评论区说道。

"不至于吧，我支持你。"梅花以为蒋讲在开小路的玩笑，试图缓解一下尴尬的气氛。

小路笑了："梅姐，我看你的资料，你是做音乐剧的啊?

那我更不敢唱了。"

"哈哈，没事，你唱，我听着。"梅花回复道。

小路随机点开了梁静茹的《勇气》，跟着哼唱了起来。梅花听到小路张嘴唱歌的那一刻，有些后悔了。半首歌过去，没有一个音在调上。

"怪我，草率了。"梅花在评论区说。

"他们都说别让我唱歌。"小路发出爽朗的笑声。

这时，有两个警察走到了梅花面前，问："请问你是梅大山的孙女梅花吗？"

梅花抬头看了一眼，站了起来，回道："我是，有什么事吗？"

"有证据表明梅大山疑似参与了当年十二生肖兽首恶意盗卖事件，现在要调查他的全部资金账户，需要你配合。"其中一个警察说。

梅花配合两名警察去做调查，她的账户也被冻结了。

出来之后，梅花长叹了一口气，手机突然收到了男主播涂涂发来的信息："梅花，你看我最新发的视频有问题吗？他们都骂我太娘，说我做作，我真是这样吗？"

梅花看了一下涂涂最新的视频，是在农村老家和乡亲们围坐在一起吃饭的视频。视频里，涂涂打了粉底，涂了点亮晶晶的唇釉而已。

"涂涂，我觉得你没什么问题。你没伤天害理，没做违背道德的事，不用怕这些恶意评价。"梅花说。

"谢谢你，梅花，我特别信任你，你这么说我就放心了。"涂涂回复。

又过了一个小时，涂涂又上传了一条边走路边拍摄的视频："人在不开心的时候看世界都是恶意的，所以说，你不开心的时候找人夸夸你就好了。我坐地铁的时候，想起之前被人骂，就觉得他们都不喜欢我。结果发现你们还挺喜欢我的，这个世界就是这样的，反正有人喜欢你，也有人不喜欢你。至少我们可以自己更喜欢自己。生活就是自己劝自己，把自己劝明白了，就什么都解决了……"

33

未登录用户

由于账户被冻结，梅花的音乐剧项目因缺乏资金而暂停了。想起之前办的健身卡好久没用了，梅花决定到健身房发泄一下情绪。

在跑步机上跑了三公里后，梅花累得气喘吁吁，晃晃悠悠地走到练腿的器械上坐了下来。此时，蓝牙耳机里传来私信的消息提醒。梅花打开手机一看，原来是苏静直播间的亲情守护者杜子腾发来的："你静宝开播了。"

苏静断播了有半个月的时间，明显消瘦了很多。梅花心想在健身房不方便打字聊天，就选择围观，没点进直播间。

谁知苏静突然说："我这么长时间没播，这直播间现在也没几个人，还有两名未登录用户在围观，这都是谁啊，进来看不好吗？"

梅花尴尬地拿起手机点进了直播间："静宝，是我，其中一个未登录用户。"说完，配了一个尴尬的表情。

苏静哈哈大笑起来："哎呀，我不是说你，没事儿，现在围观的一个都没有了。"

苏静悄悄给梅花发了条微信消息："我说的是伊人他们。"

"和他们还没和好吗?"梅花问。

"没有,他们不折腾我,我就谢天谢地了。"苏静回复。

"那你现在是不是就没有人给上票了?"梅花问。

"唉,没事。"苏静明显情绪有些低落。

"会好起来的,静宝。"梅花鼓励道。

刚回复过去,一个全新的小号进了苏静直播间,开始疯狂刷礼物。不到两分钟,苏静的礼物展馆全部被点亮了,刷完礼物后,小号就退出了直播间。

"这波操作看着不像路过啊,这是来新守护大哥了?"梅花用微信问苏静。

"这小号是伊人。"苏静简洁明了地回复。

突然,又一条开播提醒弹了出来,是何胜昔开播。梅花看了一眼手机微信,何胜昔并没有告知她。

梅花觉得很奇怪,决定先围观一下他的直播间。

何胜昔的状态恢复了以往的冷峻,问道:"这列表里怎么还有一名未登录用户呢?"

梅花自言自语道:"哎哟,我服了,今天怎么都盯上未登录用户了呢!"刚想点进去,但一想到自己账户被冻结,没有票进去也没用,再说何胜昔也没告诉自己开播的事,梅花决定继续围观。

谁知何胜昔和苏静连了 PK。

"我刚开播，没条件。"苏静微笑着说。

"我也是刚开播，很久没播了。"何胜昔说。

"我也很久没播了，那咱俩今天碰上了。"苏静说。

"静姐，这未登录用户是怎么回事，是僵尸粉还是随机登录的？"何胜昔问。

苏静好像明白了什么："我这儿也有未登录用户，你不用管那些，咱们输了罚什么？"

"那输了的就跟未登录用户说一段欢迎光临的话吧。"何胜昔说。

苏静笑着说："好。"

结果何胜昔输了，何胜昔愿赌服输，说道："未登录用户，谢谢你的关注，没什么事儿的话就进来看看吧，欢迎光临！"

"您好，您的账户显示未登录，您能重新过来刷一下卡吗？"健身房工作人员走到身边问。梅花正看着直播，被吓了一跳。

梅花一听"未登录"三个字，瞬间就炸了："什么就未登录了！我今天招谁惹谁了，走走走，刷卡去……"

34

封号

"你这段时间还好吗?"梅花终于鼓起勇气给何胜昔发了一条信息。自从上次跟何胜昔说她的账户被冻结后,何胜昔已经很多天没和她联系了。也许是因为他哥哥的事情,所以心情不好不方便联系,梅花一直这样安慰着自己。

过了一天,梅花收到了信息:"不好,我现在只想挣钱暴富。"何胜昔回复得有些冷淡。

"我很担心你的状态,你和你哥哥都会好好的。"梅花又发了一条过去。

这回何胜昔回复得很快:"有钱才会好。"

梅花一时语塞,不知道该回什么。

谁知何胜昔又发来一条信息:"开播了。"

"好的。"梅花回复完,便打开了何胜昔的直播。

没过一会儿,一个熟悉的账号飘了进来,是申城。

申城在评论区和梅花打招呼:"梅大美女。"

梅花看见申城这个时候没在直播，很是好奇："你不直播怎么到这儿来溜达了？"

"我账号被封了。"申城发了个无奈的表情。

"为什么被封？"梅花问。

"我和一个女主播吵起来了，然后她举报我抽烟什么的，就被封了。"申城解释道。

"该。"梅花言简意赅。

申城正准备反击，这时又飘进来一个账号，是女主播小路。

何胜昔问："小路，你怎么也没播呢？"

"唉，别提了，我被封号了。"小路说。

"啊？你怎么也被封号了？"梅花问。

"梅姐，有黑粉举报我，说我说了不该说的话题。"小路吐槽着。

提到不该说的话题，大家怕直播间出现敏感词，就不多问了。

正在安慰小路，苏静的账号也飘了进来。

"静姐，你怎么也没直播啊？你不会也被封号了吧？"何胜昔诧异地问。

"你怎么知道的？是我家守护者来说的吗？"苏静更显诧异。

"真被封了？今天可太热闹了。你是为什么被封号的？"

梅花在评论区问。

"我接受惩罚站起来跳舞时，就提示我涉嫌色情，我就被封了。"苏静委屈地说。

"肯定是因为你身材太好了。"小路调侃道。

"现在管控得这么严格吗？你们三个都被封号了。"何胜昔说。

"挺严的。"小路说。

"现在比以前严多了。"申城说。

"那要被封几天呢？"梅花问。

"三天。"小路回答。

"这三个被封号的大主播齐聚我直播间，也是很罕见的。"何胜昔调侃道。

"这两天被封号的主播挺多的，你也注意点吧，胜昔。"苏静说。

桂圆儿和小蝴蝶也跟着应和："对对对。"她们劝何胜昔要多注意，不该说的别说。

何胜昔不以为意："我这没什么要注意的，你们那些问题我都不会有，我最多就是做做蹲起，而且我现在也没什么票，PK大多是输，没什么要注意的。"何胜昔这番话听着总觉得很奇怪。

"那也还是注意点好吧。"梅花也跟着说。

"我有啥要注意的，我没什么被封号的理由。"何胜昔一边说，一边想拿水杯喝水，结果没注意错拿了之前喝过的空啤酒瓶。刚拿到手，屏幕里就提示主播已下线。

"啤酒瓶也会被封号。"苏静给梅花发微信说……

35

分手

"最近你怎么忽冷忽热的呢?"这是梅花三个小时前给何胜昔发的信息,但对方一直没回复。梅花一会儿拿起手机看一下,却一直没等到对方的回复,这种情况最近经常出现。

"他是想分手吗?"对面的梁欢很生气地把手机扔到茶几上,这会儿她正坐在杜嘉的美容院的沙发上。

杜嘉正在前台结算账目,梁欢和申城吵架生气是家常便饭,大家也都见怪不怪了。"你俩又怎么了?"杜嘉有一搭没一搭地问。

"他都一个小时没回我信息了!也不知道一天天在干什么,动不动就玩消失,不回信息,找不到人,想分手直接跟我说清楚啊!这么玩套路给谁看呢!"梁欢噼里啪啦地说了一堆。

"他可能就是忙,没看见。等他忙完了就给你回了。"杜嘉一边数钱一边安慰梁欢。

"你可别替他说好话了,我才不信呢。现在大家都是手机不离手，回个信息至于要那么长时间吗？说白了就是不想回，哪有那么多理由和借口。"梁欢气得跟吃了枪药一样。

"人家要是真忙呢？你不就误会了吗？"杜嘉反问道。

梅花沉默了半天才开了口，情绪低落，声音低沉："也不见得都是误会，说不定是真想分手呢。"

杜嘉听了梅花的话，感觉有些不对劲儿，一脸疑问地看着梅花："你又怎么了？"

"梅花，你咋回事？"梁欢也关切地问。

"我没怎么。"梅花声音依旧低沉，神情落寞。

这时，门突然被推开了，林伟气喘吁吁地跑了进来。

"杜嘉，你什么意思，想甩了我吗？"林伟质问杜嘉。

杜嘉不慌不忙地合上收银抽屉，开始整理客人用过的物品，全然不在乎林伟的质问。

林伟走上前去，挡住杜嘉的去向："你跟我说清楚。"

梅花和梁欢见苗头不对，赶忙起身上前拉开二人。

"林伟，你有话好好说。"梁欢推开林伟，保护杜嘉。

林伟继续发问："我给你发信息你不回，好不容易回我一条就说你在忙。你忙到连跟我说句话的工夫都没有吗？我对你来说算什么啊？你有没有爱过我？"

面对林伟的一番话，梅花和梁欢面面相觑。"这意思是你甩他？"梅花问杜嘉。

杜嘉也生气了，一把推开林伟，走到门口，拿出客户登记表摔到林伟身上："你自己看看我一天天有多忙。现在投资人说还要扩大店面，我每天都忙到半夜。你还问我怎么不回你信息，每天我哪有那么多闲心跟你谈情说爱啊？我很忙啊，大哥！我要忙着挣钱，我要挣很多很多的钱才能把孩子接回来，你明白吗？"

林伟拿着登记本，也觉得自己理亏："那……那你可以跟我说啊，我跟你一起努力挣钱啊！"

"我真的没心情三天两头地顾及你的情绪，挺累的，你让我缓几天吧。"杜嘉一脸疲惫地说。

梁欢的手机铃声响起，她走回到茶几前，接起电话："你还知道回电话啊？你干什么去了？为什么这么长时间不回信息？"

申城在电话那头解释："对不起宝贝，刚才我在试镜。最近我直播很拉垮，不挣钱，我就挨个剧组跑，面试了很多剧组。今天终于通过了一个。我面试的时候心里想的都是我们的将来，我要扛起一个男人的责任来照顾你，现在就是我的一个开始……"

听着申城的解释，梁欢开心得笑了出来。

梅花的手机短信声响起，她急忙跑过去抓起手机。看完之后，梅花坐到椅子上，摇着头，无奈地笑了一下，眼泪悄然滑落。信息是何胜昔发来的，内容只有五个字："我们分手吧!"

36

何胜昔的日记

"我不爱她，梅花这个女人我不爱她，你再问我多少遍，也都是这个答案！"何胜昔生气地把手机摔到他住的单身公寓地板上，手机屏幕被摔裂了。

这间不足六十平方米的单身公寓，空间狭小，单人床旁边就是一张电脑桌，上面摆着各种直播设备。这个地方既是何胜昔的住所，也是他的直播间。坐在电脑桌前的何胜昔陷入了沉思。"对，我不爱她……"何胜昔嘴里不停地重复着这句话。

他翻开桌上的日记本，里面记录着他生活的点点滴滴……

（1）

我叫何胜昔，从小无父无母，有一个哥哥相依为命，我们在叔叔家长大，叔叔是我们唯一的亲人，所以他说让我们干什么我们就会干什么。

叔叔好赌，欠了很多债，但他对外却说是我哥哥欠的债。我哥哥患有糖尿病，经常需要住院，住院费一直都是叔叔支付。我很感谢叔叔，他本可以扔下我们不管的，尤其哥哥患有这个病，但是叔叔还是把我们拉扯长大，所以无论什么时候，我都不会抛弃叔叔。

那时候，网络主播刚开始兴起，叔叔说我形象好，让我毕业后就干这个，我听了他的话。我刚做网络直播的第一年，正好赶上红利期，那时候我真的赚了不少钱，每天收到的音浪特别多，哥哥的医药费也有了着落。但是，赚再多的钱也抵不上叔叔在赌场里输掉的，所以我也只能更拼命地去直播，有时候每天会播十个小时，靠着一场场的 PK 赚取礼物。有一次，我累到在直播中途昏倒了。

后来，我的直播流量越来越差，刷礼物的人也越来越少，每天的音浪少得可怜。叔叔已经养成依赖我挣钱的习惯了，当我赚得越来越少的时候，叔叔一句埋怨都没有，反倒是帮我一起想办法。

叔叔盯上了我直播间的大姐可珂，对可珂的背景做了调查。她是一家私企的高管，家里也做生意。叔叔知道可珂对我有意思，所以让我主动接近可珂。当然，我并不喜欢这个比我大好几岁的女人，我只是跟她保持暧昧关系。果然，没过多久，她就成了我直播间刷礼物最多的守护大姐。

但是好景不长，可珂说没钱刷不动了。叔叔让我再使把劲儿，和她确定关系，他说可珂家很有钱，不可能刷不动，唯一的原因就是我一直不跟她正式确定恋爱关系。叔叔的话我都听得进去，但是跟不喜欢的女人谈恋爱，我真的做不到。结果没过多久，可珂看上了别人，到了别人的直播间之后，刷的礼物比在我这里刷得多多了。那天叔叔和我翻了脸。这是他第一次和我翻脸。我知道我做错了，叔叔是对的。

可珂走后，老守护者只剩小蝴蝶和小无所依了。她们之前刷得太猛了，现在也只能帮我做做管理员，基本没什么输出能力了，我的直播间音浪也已经惨不忍睹。

这天，叔叔看到我和二博的PK，二博家的守护大姐金吧啦很厉害，我输得很惨。谁知没过多久，金吧啦主动来了我的直播间。叔叔暗中调查了金吧啦的背景，知道她刚离婚，又得到自己爷爷的一大笔遗产。于是，叔叔让我主动接近金吧啦……

（2）

我借着唱歌的机会问梅花我唱得好不好听，她说还行。我很清楚如何运用一些手段让一个女生对我感兴趣，就像池塘里的鱼被诱饵吸引一样。所以当她说"还行"的时候，我故意下播，以此引起她的注意。下播后，我主动给她发私信，要了她的微信，但之后又故意拖延时间，迟迟不加她。我知道，女生对这一套都挺上头的，当然她也吐槽我说我是在"养鱼"。她说得没错，但是我不会承认。

又过了两天，她没来我的直播间，我知道时机差不多成熟了，我这才加了她的微信，并且给她发私信让她通过验证。如我预期的一样，她很生气地反问我凭什么要通过验证。我知道她没有亲人的背景，这种女人通常都很孤独，所以我对她说：

"凭我需要你。"她看了这句话之后，果然通过了好友申请。我很高兴，因为我知道我离成功"钓"到她又近了一步。

那个很胖的女主播婷婷连线我，我故意表现得很绅士给梅花看。其间，二博用小号"火龙果"来我直播间，故意挑衅说："离婚的女人生日快乐！"我也表现得很冷静，完全不受影响。一方面，我本来就知道梅花离婚的事，所以一点都不意外；另一方面，我正好趁机让二博彻底暴露本性，这样一来，他跟梅花就彻底没戏了，梅花也会更老实地留在我的直播间。果不其然，这个笨二博趁我和郭88连PK时，用小号去郭88那里想帮他打败我。他不知道的是他们直播间里说的话我用电脑软件都能看到。我装作什么都不知道，任由二博发难。梅花实在看不下去了，出手刷礼物帮我打赢了二博。我趁机给梅花发了条"生日快乐！"的微信，她深受感动，我知道"鱼"快要上钩了。

虽然我对拿下梅花的把握挺大的，但这个女人有时候真的让人难以捉摸。比如有一次，我给她发微信问她在干什么，她没回答却反问我是什么星座。我如实回答是双鱼座，她竟然回复说我是渣男。她是不是有病？

还有一次，我的直播间刚开播，我一边调试设备一边问梅花能听见音乐吗。她竟然漫不经心地说能，可那时我都还没放音乐呢。她也太不认真了。要不是当时仔木的小号进来，我真想回怼这女人几句。就这种女人，我这辈子都不会爱上。

当仔木讲到他被双鱼座女主播渣的时候，我就知道梅花一定会把这种说法套到我身上。所以当仔木问我星座时，我故意说我是天蝎座，其实我也没说错，我的上升星座确实是天蝎座。然而，放歌的时候，我又掉进"坑"里了，我说听《有我为你守护》这首歌，好巧不巧，仔木说那个双鱼座女主播也最喜欢听这首。梅花在评论区打出一排笑哭了的表情。我实在是气不过，又让她看我的笑话，同时也怕因为星座这点小事耽误我"钓"她的进程。于是，我只好给她发了条微信澄清，说我很专一。这话挺有用的，她觉得我是在主动向她证明什么，因而又对我增添了几分好感。

我知道路察喜欢我，于是我故意连路察的PK。路察一如既往地表现她的"绿茶"做派。男生对"绿茶"的容忍度挺高的，只是嘴上不说，静静地看着她们表演而已，反正又不亏。不过，女生对"绿茶"的容忍度就太低了。梅花果然绷不住了，开始关心我和路察的八卦，我也故意装生气质问她。路察的表现没有让我失望，引起了公愤。梅花出手上票打路察，但是路察那边的实力更强一些，最终路察赢了PK。

就在我接受惩罚改名字的时候，路察又进来助攻了一拨，彻底让梅花生气回怼了。路察走后，梅花也下线了。我知道我的机会来了，于是我给梅花发信息解释说："我没有CP，没有绯闻，没有八卦。"这解释哄得她很开心，她很吃我这一套。

（3）

我看到梅花发到空间主页上的照片，是她和林伟在游乐场的合影。之前叔叔就调查清楚了，梅花身边有三个好朋友，杜嘉、梁欢和林伟。我故意去林伟的社交主页留下足迹，并且把林伟所有的照片和视频都看了一遍。完成这一系列操作后，我给梅花发了条微信："今天直播时间提前一个小时，你早点回家。"

结果，这个傻女人竟然回复我说她和朋友在外面吃饭，回不去。我猜测她应该是在试探我，想看看我的反应。我干脆地回了两个字："跟谁？"她说和朋友。我耐着性子又问："是你前任吗？"她假意解释道："不是，是我蓝颜林伟，我们是很多年的好朋友。"我不愿意跟她继续纠缠，便告诉她晚上还是按原来的时间开播。真是够无聊的。

后来，当梅花上线的时候，正赶上我和申城 PK，惩罚是向榜一表白。当时，都没人好意思上票，结果梅花一来就给我上票，上票却不上个大的，导致申城那边最后偷塔成功，我还是输了。

我表演了表白的戏码。这种表白，以前我输的时候一天要表白十几次，早就驾轻就熟了，但是向她说这些话还是让我很不自在。申城还在那边调侃我和梅花，真让我受不了。趁他网络延迟卡住的时候，我果断挂断了连线。

这场戏演得我好辛苦。叔叔告诉我直播间多了几个陌生账号，我其实早就注意到了。叔叔发私信说，那些账号应该是梅花的那三个好朋友。能让她的三个好朋友潜水来看我，看来我已经成功引起梅花的注意了。于是，我就继续装高冷。

第二天，我让小蝴蝶拉梅花进粉丝群。随后，我又给梅花发了条微信，我问她："现在直播，你能来吗？"她问我："这个时间直播？"我不想跟她扯没用的，就答非所问地回了个"对"。

后来，小蝴蝶告诉我，梅花给她发了私信，问她我这个时间直播是要玩哪样。这个女人可真是不受控制，烦死了！来就完了，非要问那么多，真麻烦！小蝴蝶说她告诉梅花，应该是月底了，我有直播任务要完成，完不成下个月就没有好的流量分配。梅花这才乖乖地来到我的直播间。

在和申城的四人PK里，梅花帮我打赢了。为了哄梅花开心，我知道她属猪，所以故意在手上写了"猪"字。事后证明，这一举动确实让她对我多了一分好感。从那天起，她对我又多了一分爱意。这个女人也太好糊弄了。

在闲暇时刻，我就会给梅花发微信。有时我会告诉她我玩游戏又输了，受刺激了之类的。她也会问我都在玩什么游戏。我告诉她是一款叫某盟的游戏，并问她想不想一起玩。她说行，但是表示自己不会玩。我松了一口气，幸好她不会玩，要不然连玩游戏的时候我都得捧着她，那可真得累死了，我完全没有喘息的空间了。

我让她先下载游戏，再注册账号，然后过新手关卡，全部弄完后再联系我。说完这些，我就安心地玩游戏了。我当然知道这一系列操作弄下来有多耗时，而且她作为新手肯定啥也不会。果不其然，我玩输了一局之后，试探性地问她过新手关了吗。她回复游戏真难。我感到很满意，这结果符合我的预期。我云淡风轻地说："你慢慢过关，我先准备直播了。"其实，我心里特别开心。

半小时后，我准时开播。梅花解锁了一种新礼物——加油鸭。这个蠢女人，连着点了八个，竟然都指向同一个城市。她这么笨还想和我玩游戏，真是异想天开。当然，表面上我还是要过得去的，我假装调侃她："梅花，我发现你是真没有游戏天赋啊！"评论区跟着出现了一堆大笑的表情。

虽然她确实很笨，完全跟不上我的节奏，但有时她的笨也让我发笑。我也是第一次见有人能笨到这个程度。我知道她现实里长什么样，叔叔给我看过偷拍她的视频和照片。说真心话，她还挺好看的，有点符合我的审美。如果她不是我的"猎物"的话，搞不好我会对她动心。很可惜，没有人会爱上自己的猎物，这种事情太危险了，我肯定不会触碰警戒线的。

所以和她接触的时候，我始终保持着忽冷忽热的态度。稍微接近她一些，我就会立刻拉开距离。她有时候真是够傻的，我看着她这只"小肥羊"，偶尔会被她感动片刻，但我很快就恢复清醒了。我跟她是不可能的，从一开始就注定了结局——把她的钱骗光，然后由叔叔出面收拾残局，我就可以全身而退。

在接触她的过程中，我一直很小心，不会给她留下什么有利的证据。包括加她的微信，到时候我一注销账号，手机号码一停机，累死她也找不到我。当然，我不会把事情搞到这么糟糕的地步。我会神不知鬼不觉地让她一步一步被套牢，心甘情愿地贡献出她的一切。至于她以后是疯是傻，就和我无关了。我要的是钱，是钱！她是死是活我都不感兴趣！

（4）

梅花今天突然发信息给我："我听小蝴蝶说你最近很缺钱。"我看着手机笑了，这是我让小蝴蝶告诉她的。我给她回复："我哥出事儿了，需要一大笔钱。"还顺道给她施加压力，说我需要暴富，让她有暴富的方法告诉我。

谁知这个傻女人竟然不接茬，反倒让我换个头像，说我现在这个头像太阴沉，不够阳光，一看就像挣不到钱的样子。这个死女人会不会说话！但我耐着性子挑了个新头像，我故意挑逗着问她新换的头像和她的头像像不像。明摆着这就是一对情侣头像，可她还故作矜持地说不像，真能装。

晚上快下播的时候，我和苏静连麦。确实，我跟苏静好久未见面了。回想起当初我直播最红火的时候认识了苏静，那段时间我们经常连 PK，音浪收入也都特别高，那是我们最辉煌的时期。后来，她去别的平台直播，我们就很少联系了。所以再次连线，我们先寒暄了几句，感慨大家都不如从前了，很多主播都不播了。聊得差不多了我们就开始 PK。梅花给我刷了两个飞机礼物，帮我赢了苏静，这在我的意料之中。谁知，当苏静站起来接受惩罚时，梅花却因为苏静身材好而跑到苏静的直播间去了，这完全出乎我的意料。我用电脑软件无痕浏览，能看见梅花在苏静直播间全部的聊天内容，她倒也没聊什么，就是夸了苏静几句。但我真的没想到，之后梅花竟然会动不动就跑到苏静那里去。我可不想让到手的"鸭子"飞了，那我之前的努力不就全都白费了吗？不行，我得动用点手段吸引梅花的注意力，让她老实一点。于是，我跟路察私下进行了带有暧昧性质的联系，让路察以为和我有机会。果然，路察没让我失望，她用小号小绿天天来我直播间聊天，说话时"绿茶"味十足，而且她的小号只关注了我一个人，稍微留心的人都能发现小绿这个号不对劲了。不出所料，没两天，直播间里的这些女的就开始讨论小绿了。

晚上我感冒了，想着提前上播，也早点下播。直播的时候，我一直咳嗽，气色也不好。小绿就在评论区问我是不是着凉了，还说看着好心疼，给我买了感冒药让我签收。我假装深沉地说知道了。评论区除了小绿的发言，基本上一片沉默。我心里暗爽，就等着梅花吃醋呢！

然而，在 PK 的时候，我突然发现梅花去了申城的直播间。她和申城竟然认识，而且从申城说话的口气来判断，二人交情不浅。我怎么也没想到梅花和申城搞到一起去了，这是我和叔叔意料之外的事情。之前我们从来不知道他们两个认识，以前连 PK 的时候也没看出来。难道他们是通过我连的 PK 认识的吗？这点还需要叔叔去详细调查一下才能清楚。

我知道梅花是因为吃小绿的醋而故意去申城那里。通过他们的聊天记录来看，他们白天还见面了。这个水性杨花的女人，我一气之下直接关掉了直播。我用电脑软件看到申城直播间里，申城说梅花把他当工具人。看到这儿，我更是气不打一处来。我给这个女人发信息，问她和申城到底是什么关系。谁知道这个女人不回答我的问题，反而问我我和路察是什么关系。我压着火气，耐着性子说我和路察什么关系都没有，又问她和申城什么关系。她跟吃了火药似的质问我："什么关系都没有？你骗谁呢，药都给你送到家里了！"

我真想骂她，答非所问，不回答我的问题不说，还说我骗她，说我不真诚。到底谁不真诚？认识了男主播，还跟人家在现实里见面了，把我当什么了？等我再问她的时候，她竟然把我拉黑了，气得我把手机摔到一边。我今天真是出师不利，本来想用路察治一治梅花，结果反倒被她用申城来气了我一下。我冷静下来之后，又仔细一想，路察倒是也起到了作用，梅花也是真的吃醋了才会找申城来气我。这么一想明白之后，我也消气了不少……哎，消气？我是生气了吗？因为她和申城的关系我……吃醋了？不，不对，不对，不对，应该是因为他俩的关系出乎我的意料我才生气的。对，一定是这个原因。

(5)

跟梅花生气有几天了，我们一直都没有联系。叔叔说我太冲动了，可这能怪我吗？当时的情况，换谁也会忍不住爆发的。挣点钱还得受她那窝囊气，现在这钱可真不好挣，难死了！

梅花不在的这几天，我每天依然照常开播，但流量非常差，来的基本上是白嫖客，也就是闲唠嗑不上票的一些过客。干主播这几年我太清楚了，能遇到真正有钱又大方上票的大哥大姐太难了。在互联网这个虚拟世界里，人人都披着一张兽皮。那些在现实中找不到存在感的都到网上来刷存在感，吹牛吹上天的，随随便便画大饼的，还有精神不正常的，这些我遇到过太多了。起初，我还不习惯，还很认真，后来我就把这当成乐子，背地里骂几句也就过去了。

这种日子什么时候是个头呢？不行，我还是得从梅花那里再弄点钱出来。之前，我动不动就跟她哭穷，有时候说交不起房租，有时候说没钱买衣服，有时候又说我哥看病借了很多外债……反正能想到的各种借口我都用过了。起初，她对我的哭穷并没有太大的反应，只是在语言上给予关心。后来有一次我在朋友圈说我看中了一个名牌钥匙扣，想买个仿版的，问大家有没有知道的店铺。她看到之后跟我联系，说给我订了一个正版的。我暗自窃喜，其实那条朋友圈只有她能看到，"小鱼"还真上钩了。其实，这个钥匙扣是打算送给我一个朋友的。

叔叔说这样下去不行，让我想办法把梅花哄回来。于是，我就一边直播，一边用电脑无痕迹浏览，发现她基本上都待在苏静直播间。我和苏静的直播时间差不多，梅花倒也没去别的男主播那里，这点倒是好办多了。苏静的直播间流量比我的好很多，粉丝人数每天都在不断增加。她们像好朋友一样相处。说实话，我对这种关系是嗤之以鼻的。在网络上认识的人，能有几个处长久的？好得跟一个人似的两个人，最后基本上以闹掰收场。

我看到每次梅花去苏静直播间时，苏静都很热情，有时候也会八卦地问："你们俩生气还没和好呢？"梅花就回答说，没和好，没联系。她们讨论我，说明我引起了梅花的情绪波动，她心里还是在乎我的。正好趁这次生气，我好好挫挫她的锐气。我需要一个让她主动回来找我的机会。

这时候，正好有个叫赏客的大号来我直播间。这个赏客很神秘，每次出场前都会有两个小号先出现做铺垫，然后赏客才会来。这种号我很清楚，不可能老实地成为我的守护者。于是，我心生一计，暗笑着想，跟梅花和好的机会来了。于是我故意冷淡，不给赏客面子惹怒他，果然他开始跟我作对，不停地到跟我 PK 的主播那里去上票打我，我几乎把把都输。其实我心里真的很生气，但是我让自己冷静，毕竟这个"傻缺"不是我的目标，我演演戏就好了。

随后，我装作不知道梅花在苏静直播间，主动和苏静连PK。苏静接起 PK 后略显尴尬，所以我们没有多聊，直奔 PK

主题。最后，我提议输了的在脸上写"我输了"三个字，商定后我们就闭麦拉票。我通过电脑看到赏客果然去了苏静直播间，赏客对苏静说："我看他不顺眼，我帮你打他。"看了这一幕，我暗自窃喜，他被我利用得团团转还不自知。

苏静毕竟是个老主播，一看情况不对，急忙说："没事没事，咱们正常玩就可以。"刚说完，赏客就给苏静刷了一个票数最高的礼物，直接碾压我，输是肯定的了。赏客看着我接受完惩罚就离开了。我看到苏静劝梅花回来看我一眼，梅花答应了。同时，苏静还叫了两个她那边的大哥一起来。老主播经验丰富，知道赏客来者不善，梅花一个人气势太弱，多两个大哥帮忙就能直接打退赏客这种人了。

我不动声色地继续连 PK，等待着梅花他们。很快，他们就一起进到了我的直播间。这几天被赏客打得一直输，直播间的气氛都死气沉沉的，评论区也没人说话。正在进行的这把 PK，赏客依旧到我对手主播那里上了个票数很高的礼物。然而，在最后 10 秒的时间，梅花和苏静家的两个大哥一起上票，票数瞬间就超过了赏客，这是最近几天我赢的第一把 PK，赏客飘回我的直播间看了一眼就走了。

梅花在评论区说："再连一把 PK。"我心里暗自窃喜，表面上却若无其事地配合着她，又连上了一把 PK。PK 打到一半，赏客又开始上票了，这次是之前票数的两倍，苏静家的两个大哥先上了一半的票数，梅花在最后 10 秒连上了三个最高票数的礼物，直接赢了赏客。也是从这把 PK 之后，赏客就再也没有出现过。

我感谢了苏静家的两个大哥之后，他们二人便回到了苏静的直播间，梅花也退出了我的直播间。我叹了口气，戏还是要做全套。我之前就发现她已经把我从黑名单里拉出来了，所以我试探着给她发了条信息："你知道错了吗？"这样的说话方式往往瞬间就能吸引女人的注意力，这个套路我屡试不爽，大多数女人都吃这一套。

果不其然，梅花看了信息之后很生气地回我："啥？我有啥错！"

唉，这些女人的回复大同小异，没有一个能让我感到意外。

我按照以往的套路机械性地回复："我原谅你了。"

毫无意外，我们就这样和好了。不过，这个女人可是真麻烦，让我费了这么大劲儿！这几天连着输 PK，我接受惩罚都快累死了。等日后我把你拿下，钱一到手，看我怎么治你，非得出了这口气不可。

（6）

叔叔说利用赏客哄回梅花这件事干得漂亮。我跟梅花的感情又近了一步，同时也能看出梅花对我越来越上头了。叔叔让我加把劲儿，我也希望加快进程。

我和梅花的联系越来越频繁。我是从下午三点开始跟她联系的。我对自己的守护者的解释是自己每天睡到这个时候才醒，但其实我早就醒了。她们都是我的工作客户，跟她们联系问候早晚安，其实我也挺烦的，所以每天下午三点以后才开始我的"工作"。

"早啊！"我给梅花发信息。

"下午好。"梅花回复。

这女人还跟我玩幽默，不过也挺有意思的。她跟别的女人确实不太一样，长得也算好看，看起来比她的实际年龄小很多，说是"白富美"一点儿也不为过。而且她很爱读书，跟我也聊得来，我抛出的梗她全都接得住。如果她是我在现实中认识的，我想我应该会爱上她。但可惜，她现在只是我的"猎物"。

"你在干吗呢？"我问。这话也是从网络视频里学来的。女人都以为男人问这句话就是在想她，也不想想这些视频不是只有女人能看到，我们男的看不见吗？问"你在干吗"就是想你？一堆恋爱脑！

"在帮朋友整理简历，你今晚要比赛是吧？"梅花的回复比较理智，似乎我的话题没有引起她太多的情绪波动，这女人确实有点意思。

"是啊！不过我也不在乎结果，没抱希望。"我假装失落地回复她。她急忙安慰我，让我积极乐观一点。和我说乐观有啥用，来点实际的，晚上多给我上点票比啥都强。

虽然我和她现在处于暧昧关系阶段，但我能看得出来，她是一天比一天走心了。这样挺好。叔叔让我在事成之前稳住她，可不能再让她跑了。我知道得一点一点突破她的心理防线，我和她之间有几道关卡：她离过婚，我们俩异地、有年龄差。离异和年龄差对我来说都不是问题，我又不是玩真的。异地有利于我和她拉开距离，这样非常好。为了攻破她的心理防线，我得让她感觉到我的真诚和不介意。网恋最重要的是精神需求，我要给足她她所需的情绪价值。平日里，我对她嘘寒问暖，跟她分享我的日常生活，让她习惯在精神世界里有我的陪伴。这样，再操控她就容易多了。

所以，当她主动聊起离异的话题时，我会跟她讲离异和分手没什么区别，不用太在意这些，言外之意就是告诉她我不介意她离异。她提到年龄差时，我会跟她分析说，她前夫比她年龄大，但是也没见他们白头到老，最终还是分开了，情侣之间，另一半什么样和年龄无关，最重要的还是看人品。她提到异地相处时，我就会说，现在都是互联网时代了，异地早就不是大问题了。这些问题的回答她都很满意，也算是给她打了一剂强心针。

晚上十点整，我开播。我让小蝴蝶给梅花发私信，询问梅花如果有能力的话，能不能为我上票助力比赛。小蝴蝶截屏给我看，说梅花回复了一个问号。看来梅花还是有防备心理。我让小蝴蝶告诉梅花，公司给我们这些主播下达了比赛任务，要求我们进入当地前十，要不然季度奖金就没了。同时，我让小蝴蝶向梅花透露，我最近比较缺钱。结果梅花竟然对小蝴蝶说，我所在的公司不行，让我趁早换个公司。我真是无语了，不想帮忙，还说一堆废话。小蝴蝶按照我的说法去解释，说我有合约在身，直播内容和时长都是要受到公司制约的。

解释完后，比赛时间也差不多到了。一开始，我的名次在地区五百名开外，几乎是垫底的。我故意在直播镜头前表现出一副已经放弃的表情。梅花按捺不住，出手相助。五轮比赛下来，我就到了月山市第十六名。谁知道这时候梅花的票数不够了，没办法再助力比赛了。我的直播间，除了小无所依帮着上了点小票，其余人都没怎么上票。我知道，这时候需要见好就收，毕竟我志不在此。于是，我给梅花发了条微信，告诉她不用再打了，这个名次我已经很满意了，并对她表达谢意。我的这一举动让她觉得我很懂事，票我也拿到了，人心我也收住了，可谓一举两得。

第二天早上，我参加朋友聚会。当主播的朋友并不多，有些应酬我能推就推，偶尔出去放松一下。我录了一段和朋友喝酒的视频发给梅花。视频里，我边拍边说："给我对象报备一下。"梅花看了之后回复我一个红脸微笑的表情。唉，拿下了！

（7）

叔叔说他调查清楚了，原来申城和梅花的好友林伟是亲戚关系，难怪他们那么熟悉。我问叔叔，申城和梅花的这层关系对我们会不会不利。叔叔思考良久，说梅花这样的女人，即便吃了亏也不会对外说，申城他们就算知道我和梅花的暧昧关系，也最多是奔着男女关系去考虑，不会往钱财方面想太多，更不会知道我们早就盯上了梅花，一步步引她入局。我觉得叔叔分析得很有道理。

一天，我去参加同学的婚礼，趁机给梅花发了张婚礼现场的照片，我故意情绪低落地说眼看着高中同学一个接一个地都结婚了。她开玩笑似的问我是不是也想结婚了，我趁机说现在结不了婚，不是考虑这些的时候，得先把负债先解决了才行。我一会儿看一下手机，心急地等着她的回复，结果她竟然只回了个"哦"。

"哦"个屁啊！我气得真想骂她两句，但是这时候理智战胜了冲动，为了大局着想，我还是得忍住，我回了句："哦什么！你在干什么呢？"

她突然抽风式地说："姐在谈情说爱，别影响姐了，你去找别的姑娘玩去吧！"

这又是哪根筋搭错了？她谈情说爱和我有什么关系，还让我找别的姑娘玩去，难道……她发现了什么？不会吧，应该不会！

我装作若无其事试探性地回复道："好嘞！"梅花没再说什么。

婚礼开始了，我专注地听着新娘新郎许下终身誓言。其实，我偶尔也挺想结婚，骨子里还是有点浪漫情怀的，但是这几年做主播，遇到的女人太多了，那些经历把我的那点天真浪漫都磨没了。那些女人，要么是看脸的，要么是看钱的，不是恋爱脑就是绿茶心机女，动不动就一哭二闹三上吊，特别没意思。我是不相信我能遇到什么好女人，自然也就没什么结婚的欲望了。

正当我沉浸在思绪中时，手机突然响了。我低头一看，是梅花发来的："不许去！"这大姐又犯病了。

唉，我真不想回，但还是得回："不许去什么？"

"不许去祸害别人！"梅花的回复真是挺令人费解的。

"笨蛋！我没有，我在吃饭。"我附带了一张宴席的照片发过去。

"嗯，吃吧。"梅花这回似乎真安心了，没有再给我发任何消息。

我看着新郎新娘喝交杯酒的样子，不禁和大家一起为他们鼓掌。我这辈子还能遇到真爱吗？也许有一天，有那么一个女人出现，让我对她疯狂动心、爱上她、追求她、想娶她……

真奇怪，我脑子里出现的竟然是梅花，这怎么可能呢？我不爱她。哦，对，一定是因为最近一直和她联系，走得太近了，所以才会不自觉地联想到她，对，就是这样的。我和她这辈子是不可能了。从接近她的那一刻起，我们的结局就注定了，我爱上谁都不可能爱上她。

（8）

叔叔说现在和梅花的关系应该要推进了。我心想，用什么方法再刺激一下她好呢？就在这时，我突然收到可珂发给我的信息，大概内容是一些无病呻吟的问候。估计她是在那个男主播那里没得到什么好处，回头来找我了。我突然心生一计，完全可以利用可珂让梅花心生醋意。打定主意后，我给可珂回了信息，大概内容是我最近过得也不是很好，很希望她有时间能多回来看看我。可珂欣然接受。

这几天晚上，我都不动声色地进行直播。可珂回来应该已经引起老守护者们的注意了。小蝴蝶和小无所依都很不喜欢可珂。以前，可珂在直播间和我说话时总是显得很暧昧。她的这种行为气走了很多有上票能力的大姐。然而，那时候，我和叔叔的目标是可珂，所以即便老守护者们再不愿意，我也一直纵容她。谁承想，她这么没用，刷着刷着就不刷了，废物一个！

这晚，我发完开播提醒消息后继续直播。梅花点进直播间，说："还没什么人来。"她刚这样自言自语说完，我就看到可珂进来了，机会来了！

可珂旁若无人地在评论区发言："胜昔，准备好设备了吗？"

不愧是可珂，我暗自冷笑了一下，回复道："差不多了。"

"放首歌来听听。"可珂像往常一样说道。

"想听什么？"我若无其事地问。

"听你以前常放给我听的那首，《有我为你守护》。"可珂说。

其实我挺反感可珂这么说话的。这种曾经跑去别的男主播那里当守护者的女粉丝对我来说挺恶心的，但是今天我忍了。我用电脑找出这首歌。随着音乐响起，申城的 PK 连了进来。申城跟我谈好惩罚后，我们便直接进入 PK 模式。可珂像往常一样刷礼物，申城那边也没有什么条件，票数少得可怜。

我直播间的人数越来越多，我看见小蝴蝶和桂圆儿都来了。突然间，一个很久不见的礼物特效飘屏，而且越来越多，不用脑子想也知道是梅花在狂刷礼物。我的礼物票数远远超过了可珂，我心里不禁暗笑。

桂圆儿在评论区说："梅姐好厉害！"

小蝴蝶也说："梅花太帅了！"

其他人陆续跟风评论，就是没人提到可珂。

这时候，歌曲也放完了。我故意问："梅花，还有想听的歌吗？"

梅花的回答让我有点意外，但随后又让我觉得这个女人很有意思。她说："有，《有我为你守护》，听这首，放给我听。"不愧是梅花，这话也就她能说出来。

我没忍住，一下子笑了出来，然后把这首歌又放了一遍。可珂已经没有利用价值了。我对梅花说："梅花，这以后是你的专属歌曲。"

我下播后，梅花发信息过来："我把她撵走了。"

"谁?"我明知故问。

"没事了。"梅花回复。

看来这件事让梅花很高兴。从那天起，可珂没有了价值，她给我发信息，我也没再搭理过她，弃子一枚。

（9）

叔叔跟我说，他一直在梅花所在的城市暗中调查梅花。有一次，他偷听到梅花的朋友杜嘉很反对梅花和我的关系。于是，叔叔跟踪杜嘉，发现杜嘉和已婚男人到宾馆开房。叔叔觉得机会来了，要给杜嘉一个警告。他拍下了那个男人和杜嘉一前一后进宾馆的照片，然后发给男人的老婆。男人的老婆果然闹上了门。叔叔一直在杜嘉的美容院暗中蹲守，看到杜嘉被打了嘴巴，叔叔觉得很解气。

原本以为他们会闹得很严重，或者美容院会被砸了之类的，结果没想到，她们聊了很久，男人的老婆开开心心地走了。叔叔调查后才得知，男人的老婆不仅没有砸店，还投资了杜嘉的美容院。叔叔很生气，说以后找机会一定再教训一下杜嘉。

后来，叔叔跟踪梅花，看到她和梁欢、林伟、申城一起聚餐。没过一会儿，申城拍了张四人的合影，并发了条动态，还命名为"前任大聚会"。我正睡觉呢，叔叔让我跟梅花联系，还要表现出一副吃醋的样子。我看了一眼申城的主页动态，林

伟之前在梅花的主页见过，申城搂着的女人应该是梅花的好友
梁欢。我思考片刻，编辑好信息，又仔细读了一遍，给梅花发
了过去："你和申城在一起？什么是前任大聚会？谁是谁的
前任？"

过了片刻，梅花回我："前任？和你有什么关系？"

我故意挑事，质问她："你为什么这几天不联系我？"

"你的前任是谁？你和小无所依这些守护者都是什么关
系？你们干净吗？"梅花的这些话问得有蹊跷，她不是一个无
缘无故这么问的人。虽然我还没搞清楚原因，但总觉得哪里不
太对劲儿。

为了压制住她的情绪，我只好表现得比她还要生气："你
有病吗？"

"有。"梅花明显很生气。

等我再回复的时候，发现她又把我拉黑了。这个女人动不
动就拉黑，除了拉黑就不会别的了吗？

从那天起，我跟她又断联了。叔叔知道了这件事，又把我
骂了一顿，说我把事情搞砸了。都怪梅花这个女人，害得我被
叔叔骂，消停一会儿不行吗？真麻烦！

断联的这几天，我用电脑无痕浏览，看到梅花每天都去苏
静的直播间。

"欢迎梅宝宝！"苏静在直播间看到梅花进来很开心。

"静宝今天又漂亮了!"梅花说。女人之间的对话一点营养都没有,真无聊,这么吹捧不尴尬吗?

苏静接了个 PK,她家里的守护大哥不在,梅花便帮忙上了点小票。

"榜一是个大姐啊!"评论区一个叫杜子腾的人发言。榜一正是梅花,榜二则是这个杜子腾。

这个杜子腾是谁?我心里正犯嘀咕,就听见苏静说:"大侄子,梅宝宝是我的好朋友。"苏静竟然有这么个傻侄子。

"那你这个榜二快把我挤掉,你来当榜一大哥。"梅花调侃道。

杜子腾不接茬:"榜一是友情,榜二是亲情,大哥还得是爱情来当。"

苏静被杜子腾的话逗笑了,说道:"对,我的直播间亲情友情都有了,就差爱情了。"苏静正说着,家里的守护大哥们陆续都回来了,帮着苏静打赢了 PK。我看到梅花从苏静的直播间中退出了。

我搜了下二博和申城的直播间,都没看到梅花的影子。这个时间正是大部分主播上线的时候,她能去哪儿呢?难道还有什么新目标是我不知道的吗?

我猜梅花应该是随便出去转转,说不定一会儿就回到苏静这里了。于是,我又搜索到苏静的直播间,看见苏静正在哭,我便笑了。梅花应该很快就会回来。果不其然,不大一会儿,梅花就飘回来了。

"怎么了，静宝？"梅花问。

"我把伊人拉黑了，他已经严重影响到我的直播工作了。"苏静抽泣着说。大概情况是伊人看到另一个老守护大哥给苏静的上票比较多，心里不是滋味，就和对方吵了几句。

这些守护大哥们也是够认真的，网络上的事情还真上心。有多少主播和榜一大哥大姐奔现见光死的。网络时代，认真就输了！

后来，我看到梅花安慰了苏静几句，把苏静逗笑了。要不说还是得女人哄女人。

"看来还得是你来！"杜子腾对梅花说。这个杜子腾怎么这么爱缠着别人说话呢？

不看了！真够无聊的。估计梅花还会继续生气。我得问问叔叔接下来怎么办，总不能任由梅花在外面闲逛。万一她再碰上哪个男主播，春心一荡漾，那我不就更麻烦了吗？不行，我也得好好想想！

(10)

和叔叔商量后，叔叔说还是得让我主动出击找回梅花。只要苏静直播，我就会用电脑观看，通常都能看到梅花。

我看到苏静直播间榜一是个一串数字的账号，一直在空刷礼物，不用猜也知道这肯定是苏静守护大哥的小号。

"杜子腾在干吗？又去看别的直播间的小姐姐了吗？"梅

花发言。这个女人真是的，才去几天就和人家的男粉丝混熟了，女人果然靠不住！

"榜一大哥有什么事找我？要刷大礼吗？"杜子腾说。

"别瞎说，榜一大哥还在那刷礼物呢！"梅花说。

我真是看不下去了！我正犹豫着要不要开播，电脑页面还停留在苏静直播间。

"何胜昔好像开播了。"杜子腾说。

"那你去看呗！"梅花说。

这个女人嘴真硬！

"你不去吗？"杜子腾问。

"大侄子，你唱首歌呗！"苏静打断他们的对话。

"我唱歌得有人给我送花，金吧啦，你想听吗？"杜子腾问梅花。

真当我是空气了！"我没开播。"我给梅花发私信。

"你能看见我们说话？没看见你小号啊！"梅花明显很惊讶。

"你把我的微信加回来，我有话跟你说。"我说。

"就这样私信说就行了。"梅花说。

"这里说不了，你通过一下，我给你发个视频。"我有点不耐烦了。

梅花还算识趣，给个台阶就下，通过了我的微信申请。通过后，我给她发了一条奥特曼的视频，视频里配着一句话：

"你相信光吗?"

然后我又给她发了一条信息:"你相信光吗? 相信我吗?"这么做应该没问题。

梅花回了一个问号。

我继续说:"我希望你能相信我。"

这时,我听见直播间里苏静在问:"梅宝宝,你还在吗?杜子腾要唱歌,听不听?"

梅花回复:"听!"

苏静和杜子腾连线,杜子腾那边放了一首原唱的《成都》……真是看不下去了!

我气急败坏地给梅花发信息:"我也能唱!"

"啊? 你怎么知道的? 你换新号了?"梅花问。

我不想接话,直奔主题:"和好吧!"

过了一会儿,梅花回复:"嗯……"

搞定! 我赶紧向叔叔汇报了战况。叔叔叮嘱我,可不能再把事情搞砸了。接下来,每一步都要小心应对这个女人。他在那边也一直暗中调查梅花周围的情况。知己知彼,我们拿下她的胜算会更大一些。

只是没过两天,梅花突然问我,我直播间的一个小号是不是我叔叔。我很诧异,她怎么会知道? 看到情况不对,我急忙否认。谁知事后叔叔跟我说,是他先跟梅花联系的。叔叔可真是草率，联系梅花竟然也不告诉我一声，害得我的说辞都对不上号了。不过，叔叔为什么会主动在梅花面前暴露身份呢？我实在猜不透叔叔的用意，但我想应该和接下来引诱梅花入局的计划有关。想到这里，我也就没有再多问。

叔叔交代我，如果接下来梅花再问关于他的事，让我闭口不谈，剩下的他和小无所依去搞定。我当然都听叔叔的安排，虽然心里隐约有种不安，但是看叔叔的反应，我知道我们离目标很近了。太好了，终于要甩开这个烦人的女人了，这些天我真是快受不了了。现在，我就想着钱一到手，先给哥哥支付手术费，然后像以前一样，我们再换个城市生活。主播这个职业我也不想再做下去了，天天坐在手机屏幕前，我都快吐了。虽然大部分钱会在叔叔手里，我只希望他别再去赌博了，他、我还有哥哥，我们三个人好好过日子，我就他们两个亲人了。唉，希望我们这次能成功，毕竟有叔叔在，他的计划向来缜密，应该不会出错。

（11）

已经是入秋的天气，叔叔依旧在梅花所在的城市暗中调查梅花的社会关系和背景。梅花到外地出差，今天回程。

我洗完澡照着镜子，正准备打点粉底、描个眉。男主播在直播前通常会简单化个淡妆，我也不例外。正当我涂粉底液的时候，看着镜子里的自己，怎么感觉又胖了呢！我这两年直播总是到深夜，下播后就饿，总吃夜宵，越来越胖，这两天感觉又胖了点，现在肚子上都有几层肉了。要不是直播镜头里有美颜滤镜的瘦脸功能，我都没法看了，原镜头播出去不得狂掉粉啊！不想这些闹心事儿了，梅花今晚肯定会看我直播，我要好好收拾一下。

刚一开播，女主播小路的 PK 就连了进来。小路和我所在同城，我们在商场里偶遇过一次。我心想正好通过小路的嘴夸夸我。

小路直接问："玩啥？"

"你那么点儿个头能玩啥？"我突然来了兴致，跟她开起玩笑来。

"我个儿矮碍着你事儿了吗？"小路笑着回怼我。

桂圆儿在评论区问："你们见过吗？"

我说："对，我和她在现实中见过一次。那次，她来月山市拍视频，在商场里排队买奶茶时，她站在我前面。我当时就想，这人怎么长这么矮。她一转过来，我发现是她。哎，你告诉我家人们，我现实里长得帅不帅。"

"何胜昔家人们，我跟你们说，他那长相，那皮肤老白了，跟个小姑娘似的。"小路说的这是啥呀！就不能夸夸我有多帅吗？

我不死心，直接问她："帅不帅？"

小路敷衍我："帅帅帅，快说，玩啥？"

"你输了在脸上写'帅'，我输了在脸上写'美'。"我说。

"好，闭麦吧。"小路说。

刚闭麦，手机震动，来了一条信息。我仔细一看，是梅花发的："我们见个面吧。"

这个女人突然又抽什么风？我怎么可能跟她见面？也不动动脑子，男主播有几个真去奔现的，还挣不挣钱了！

我被她弄得有点心烦，刚才的开心劲儿都没了，阴沉着脸思考了一会儿，给她回复："最近不行，我哥病了，在住院，我要照顾他，等过了这段时间再说吧。"

"你哥怎么了？"梅花问。

"糖尿病，不是第一次住院了。"我说。

PK临近结束时，我看到屏幕上的礼物特效，是梅花给我刷了一个大礼物，我轻松赢了小路。小路按照约定在额头上写了一个"帅"字便离开了。

又过了一会儿，梅花在微信里给我转了个红包过来。她说："我们老家有个习俗，亲人生病了都要去看一下。我们异地，不能亲自去看，红包你收下吧，一点心意，祝你哥哥早日康复。"

我看着这话笑了，有点意思。

我回复："谢谢你的好意。"随后就收下了红包，不收都对不起她这番绞尽脑汁的话。

我听叔叔说，申城竟然和梅花的好朋友梁欢在一起了，这有点出乎我们的意料，但对我们来说可是好事，警报解除了，不用担心梅花会跟申城发生点什么事了。

没过两天，申城就在直播间公开恋情了。这个大傻子，他是不是不想干这行了？被爱情冲昏了头脑，真是无药可救了！我就遇不到一个能让我做出这么大牺牲的人，这辈子都不可能遇到了，我绝不会让这种事发生。

（12）

叔叔回来了。我知道有些事情要开始安排起来了。我突然很兴奋，又有些紧张，以叔叔的风格来看，这必然是一场大戏。果然，他叫了几个人过来，我们商量好在晚上直播时准备"闹事儿"。

到了晚上，我如往常一样直播。突然，一阵急促的敲门声传来。我装作茫然地看着门那边，然后摘下耳机去开门。接着我们假装吵架，摔打屋内的东西。由于直播用的是手机，屏幕只能看到一个转椅大小的空间，根本看不见我们这边的戏。然后叔叔向其中一个人比画着，示意他去关掉我直播的手机，男子照办。

直播突然中断，粉丝一直在群里问到底发生了什么事。还有人说那个陌生男子看起来不像好人，要不要替我报警。作为管理员的小蝴蝶一直在群里安抚着大家。

叔叔让我把手机关机，我照做了。

没过一会儿，叔叔竟然收到了桂圆儿的私信，询问我怎么样。我们猜测应该是梅花让桂圆儿来问的。叔叔思考了一会儿，决定先不直接和梅花联系，而是让小无所依跟梅花沟通。小无所依毕竟是直播间的老守护者，说话的可信度比叔叔的小号高很多。

商量好后，小无所依给梅花发私信："胜昔叔叔跟我联系了，他说是胜昔的哥哥赌博欠债，债主追上门了。他哥哥在住院，等着做手术，但手术费不够，医院不让随便进出，这些人就直接闹到胜昔家里去了。"

"那何胜昔现在怎么样了？"梅花问。

"胜昔没事。那些人把他家砸了，看他实在没钱，就让他签了欠款利息的协议，然后走了，还让他半个月内还上钱。"小无所依说。

"他们欠了多少钱？"梅花问。

"两百三十万。"小无所依说。

"这么多？"梅花问。

"算上利息差不多这些。"小无所依说。

第二天，叔叔收到了梅花的汇款，便离开了。叔叔答应过我，先去给哥哥交手术费，他肯定不会食言。叔叔让我这几天先不要直播，也不要跟任何人联系，我照做了。没想到事情进展得这顺利，梅花这么痛快就把钱转了过来。早知道这么容易，我们就早点进行了。没想到梅花出手这么大方，这么好骗，事情太顺利了！

我本以为钱到手，我们就可以直接撤离了。没想到叔叔到了梅花所在的城市，跟踪她的时候偷听到了申城和梅花的对话。申城告诫梅花不要被我骗了。叔叔听了很生气。他说要找个机会教训一下申城。同时，叔叔告诉我，既然梅花拿钱这么痛快，他还要再干一票大的，把梅花榨干再走。我不同意，我觉得这些钱已经很多了，再干下去风险太大。没想到叔叔把我臭骂一顿就挂了电话。好赌的人干什么事都是一身赌性，拦都拦不住。就叔叔这性格，可怎么办呢？我真怕早晚捅出大娄子！他要是出事了，我也跑不了，那哥哥以后的医药费就没着落了。不行，我还是得替哥哥提前做个打算。

（13）

我在梅花那里失踪了好几天。叔叔不让我吃东西，说这样让我看起来瘦一点，戏显得更真，并且告诉我这两天可以适当露面了，但是要表现出一副很颓废的状态，这样梅花就不会追问我太多。我想了想，喝了几口酒，对着镜子一看，果然消瘦了很多。我喝点酒就上头，脸色微微泛红，然后我就按照叔叔说的去做，给梅花发去信息："我要直播。"

"你这几天没消息，事情怎么样了？"梅花急忙问道。

"谢谢你。"我说。

随后，我开启了直播。直播间里陆续有人进来，我看到梅花也飘了进来。

我眼神涣散地坐在手机屏幕前直播。

桂圆儿在评论区问："胜昔，你是喝酒了吗？"

我知道他们在评论区刷屏，所以故意不看屏幕，而是直接趴在了桌子上。

又过了没一会儿，我像突然惊醒一般，茫然起身关掉了直播。

这一拨操作下来，我给自己的演技打九十分。

手机不停地有信息进来，但都不是梅花发的。有人问我连手机都没看是怎么知道不是她发的。因为我给梅花设置了特殊铃声《有我为你守护》。那次她挤走可珂的时候，我觉得挺有意思的。她毕竟是我的特殊目标，为了区分她和别人，我就把这首歌设置成她的专属铃声了。

刚说完，专属铃声就响了起来。梅花问："你还好吗？"

我故意押了会儿时间，过了二十分钟才回了一句："不好……"

她一直给我发信息安慰我。看着她那么认真，我还真有点感动了，但是我没有再回复，就让她担心去吧，吊足她的胃口。

也不知道叔叔那边怎么样了。我打开电脑游戏玩了起来。玩着玩着，突然想起那次梅花说要跟我一起玩游戏，那个傻女人折腾了那么长时间也没搞定，真是蠢到家了。还有那次玩

"加油鸭"的新礼物，她连着送了七八个也没整明白游戏规则。这种女人是怎么长大的？不过还算她有自知之明，从那次之后，她再也没提过跟我玩游戏的事儿，我也算落得清净。

突然，游戏队友里有人攻击我。这是哪个大傻子攻击我？怎么跟梅花似的呢？真是猪队友！奇怪，我怎么老是想到她呢？肯定是最近跟叔叔一起研究她研究得太多了，她的衣食住行、各种喜好每天都在我脑子里过一遍，等过了这段时间，跟这个女人拉开距离就好了。

没心情了，游戏玩不下去了。我打开手机，设成隐身模式，刷着别人的直播。突然，刷到涂涂的直播间，竟然显示有一个共同好友在观看。这会是谁呢？肯定不是小蝴蝶和小无所依，她们很不喜欢涂涂，所以不会关注她的。我关注的人本就很少，涂涂又是我近期才认识的主播。那么可能性最大的，就只有梅花。

我用小号点开涂涂的直播间，果然榜一是梅花。她只刷了个小礼物。涂涂的直播间人很多，但是上礼物的人很少。

我看见梅花问涂涂："涂涂，你会抑郁吗？"我知道她这么问应该是看我最近状态不好，所以有感而发。

我手机的音量调得很低，没注意听涂涂说了什么，就看见梅花回复："涂涂说得很有道理。"

我想了想，装作路人，在评论区问："被爱的人欺骗和伤害了，我该怎么办呢？"问完我把手机音量调高。

　　听见涂涂说："时间久了，我们就会原谅那些伤害过我们的人。有一天，我们也会平静地说出我们经历过的那些事，你会发现其实都不重要了。然后仔细想想，也不是真的原谅了，怎么说呢，就是算了，人走茶凉，终究是冷淡收场。"

　　我希望梅花能听得进去涂涂的这番话，毕竟，我终究是欺骗和伤害她的人……

　　我把手机放到一边，听着涂涂说的这些，眼角竟然流下了眼泪。好奇怪，怎么会流泪呢？真无奈。不知道什么时候我竟睡着了。梦里，我梦见了梅花离开的背影，我想去抓住她，双脚却被困在原地，怎么也挪动不了，只能眼看着她就这样离开……

（14）

　　我已连续好几天没有开播了。叔叔让小无所依对外放出消息："原来何胜昔的哥哥欠了不止那两百多万元，还有一大笔欠款。债主知道他们有还款能力后都堵到他们家门口了。何胜昔也是在这个时候才知道他哥哥有其他的欠款，这也是他那天直播时崩溃的原因。"

　　叔叔告诉我，他本来想暗中教训下梅花的好朋友杜嘉。他说，这个杜嘉总是反对我和梅花在一起。叔叔跟踪杜嘉到她家附近，刚想动手，结果林伟突然出现，与叔叔打了起来。叔叔害怕暴露身份，急忙脱身逃跑了。

后来在跟踪梅花的过程中，叔叔发现申城不止一次提醒梅花要提防我。叔叔说必须想个办法狠狠教训申城，这次可不能再失手了。叔叔一直是个睚眦必报的人，凡是得罪过他的人都没有好下场。

这天下午，叔叔跟我联系说，梅花在剧场等待演员彩排音乐剧时，被两个警察带走了。他几番打听后得知，此事跟梅花的爷爷梅大山有关，有人举报梅大山疑似参与了当年十二生肖兽首的盗卖活动，现在警方要冻结梅花的全部资金账户。

电话里，叔叔也没有说太多。现在钱拿不到了，我们是不是差不多要做收尾工作了呢？哥哥那边之前也联系过一个新的医院，我应该先收拾一下行李，新的手机卡也都买好了。叔叔说新的住处他也找了一个，作为我们随时撤退隐蔽的地点。

其他的应该没什么要注意的了，这次应该是真的要走了……手机突然推送了男主播涂涂新发布的视频。我无意中点开，发现梅花竟然给涂涂的这条视频点了赞。涂涂在视频里说："人在不开心的时候看世界都是恶意的，所以说，你不开心的时候找人夸夸你就好。我坐地铁的时候，想起之前被人骂，就觉得他们都不喜欢我。结果发现你们还挺喜欢我的，这个世界就是这样的，反正有人喜欢你，也有人不喜欢你。至少我们可以自己更喜欢自己。生活就是自己劝自己，把自己劝明白了，就什么都解决了……"

不知道她现在怎么样了。这么大的事情，她应该还好吧？

我是在担心她吗？我在瞎想什么呢！她对我来说只是一个猎物，我的目的只是她的钱。想到这里，我把手机扔到一边。现在情况有变，她的账户被冻结了，真想快点知道叔叔下一步的计划。到底该往哪个方向行动呢？

（15）

叔叔让我开始为撤离做准备。他让我先正常直播几天，然后找个机会停播一段时间。我按照叔叔说的计划准备着。

我用电脑看到苏静开播了。她因为和守护大哥生气，有段时间没播了，不大一会儿，就看到梅花飘了进去。我听见苏静说未登录用户，我猜测说的是跟她生气的守护大哥。果不其然，刚说完，一个新的小号就进去给苏静点亮了礼物展馆，点完展馆，小号就默默退出了直播间。

确定梅花在线后，我也打开了直播，故意没通知梅花。我看到有未登录用户在围观，知道肯定是梅花。我故意沉着脸说："这列表里怎么还有一名未登录用户呢？"梅花还是继续围观，没进直播间。

我特意和苏静连了PK。

"我刚开播，没条件。"苏静微笑着说。

"我也是刚开播，很久没播了。"我说。

"我也很久没播了，那咱俩今天碰上了。"苏静说。

"静姐，这未登录用户是怎么回事，是僵尸粉还是随机登录的？"我说。

苏静好像明白了什么，故意岔开话题："我这儿也有未登录用户，你不用管那些，咱们输了罚什么?"

"那输了的就跟未登录用户说一段欢迎光临的话吧。"我说。

苏静笑着说："好"。

结果我输了，我盯着粉丝用户列表开起了玩笑："未登录用户，谢谢你的关注，没什么事儿的话就进来看看吧，欢迎光临!"

不大一会儿，未登录用户就消失了……

又过了两天，我收到了梅花的信息："你这段时间还好吗?"自从上次她跟我说她的账户被冻结后，我已经很多天没和她联系了。

我过了一天才回复她："不好，我现在只想挣钱暴富。"回复的语气里略显冷淡。

"我很担心你的状态，你和你哥哥都会好好的。"梅花回复道。

看到她这么说，这次我回复得很快："有钱才会好。"

梅花半天没回复，估计是不知道回什么好。

紧接着，我就给她发过去一条信息："开播了。"

"好的。"这条消息梅花回复得很快。

　　我开播后，没过一会儿，一个眼熟的账号飘了进来，是申城。

　　申城在评论区和梅花打招呼："梅大美女。"

　　梅花看见申城这个时候不直播很是好奇："你不直播怎么到这儿来溜达了？"

　　"我账号被封了。"申城发了个无奈的表情。

　　"为什么被封？"梅花问。

　　"我和一个女主播吵起来了，然后她举报我抽烟什么的，就被封了。"申城解释道。

　　"该。"梅花言简意赅。

　　这时，又飘进来一个账号，是女主播小路。

　　我问："小路，你怎么也没播呢？"

　　"唉，别提了，我被封号了。"小路说。

　　"啊？你怎么也被封号了？"梅花问。

　　"梅姐，有黑粉举报我，说我说了不该说的话题。"小路吐槽着。

　　正在安慰小路，苏静的账号也飘了进来。

　　"静姐，你怎么也没直播啊？你不会也被封号了吧？"我诧异地问。

　　"你怎么知道的？是我家守护者来说的吗？"苏静更显诧异。

　　"真被封了？今天可太热闹了。你是为什么被封号的？"

梅花在评论区问。

"我接受惩罚站起来跳舞时，就提示我涉嫌色情，我就被封了。"苏静委屈地说。

"肯定是因为你身材太好了。"小路接话。

"现在管控得这么严格吗？你们三个都被封号了。"我说。

"挺严的。"小路说。

"现在比以前严多了。"申城说。

"那要被封几天呢？"梅花问。

"三天。"小路回答。

"这三个被封号的大主播齐聚我直播间，也是很罕见的。"我笑着调侃道。

"这两天被封号的主播挺多的，你也注意点吧，胜昔。"苏静说。

桂圆儿和小蝴蝶也跟着应和："对对对。"她们劝我要多注意，不该说的别说。

我当然不以为意，眼下这情形正合我意，我正愁着不知道怎么合理停播一段时间呢，机会就这么来了！

"我这没什么要注意的，你们那些问题我都不会有，我最多就是做做蹲起，而且我现在也没什么票，PK 大多是输，没什么要注意的。"我故意酸着说给梅花听。

"那也还是注意点好吧。"梅花也跟着评论。

"我有啥要注意的，我没什么被封号的理由。"我假装一边说一边想拿水杯喝水。我知道旁边就有个啤酒瓶，刚把啤酒瓶拿到手边，屏幕里就提示主播已下线。

太好了，我的账号也被封了！真是天助我也！

(16)

"最近你怎么忽冷忽热的呢?"这是梅花三个小时前给我发的信息，我一直没回复她。这种情况最近常有，我是故意让她难受的，为接下来的分手做铺垫准备。反复几次下来，估计她应该也有点心理准备了。

又过了一个小时，我给她发信息："我们分手吧!"

她没回我。

第二天，叔叔电话里跟我说，申城死了……

37

叔叔

(1)

我叫何广路，我是何胜昔的叔叔。

何胜昔兄弟俩从小失去父母，我收养了他们，本想等他们长大后能给我干活挣钱，觉得这笔买卖不亏。可谁知，他哥哥也不知道上辈子干了什么缺德事儿，竟然一身病，对外说是糖尿病，但实际上病种多着呢，没少浪费老子的钱。我平时就喜好打牌、搓麻将，在赌桌上赢过钱也输过钱，但总体来说还是输得多。有一次输了，我把何胜昔攒的打工钱拿去还赌债了，他气得差点跟我动手。他说那是给哥哥攒的医药费。既然他哥哥的病难以治愈，为何还要浪费钱在他身上呢？还不如让我去开心。胜昔这小孩就是太死心眼，脑子不灵光，蠢得要死！

后来他成年了，我也不可能一直供着他上学，他们兄弟俩总得有一个出来给我挣钱。于是，何胜昔就听从我的话，做了网络主播。还真别说，我这眼光就是好，让他干主播这行真是选对了。头一年，他可真没少挣钱，我那时候抽的是中华烟，喝的是茅台酒，在牌桌上特别有面子，兜里钞票揣得鼓鼓的。但是好景不长，直播红利期很快过去，他直播间没剩几个人了。留下的基本上是不咋样的，尽是些想空手套白狼、追他的中年妇女！

后来，我们盯上了他直播间里的可珂。这个女的家境不错，有钱，还很喜欢何胜昔。不过，她有点精明。我让何胜昔追她，但是这孩子成不了什么大事儿，他只是天天跟人家发发信息、搞搞暧昧。结果人家女的不满足现状，想进一步确定关系，何胜昔却一直敷衍，人家觉得他没诚意，就走了。这可把我气坏了，我拿皮带狠狠地抽了他一顿。不收拾他，他就不知道听话，到手的鸭子都让他给整飞了，谈个恋爱能有多难！

可珂走后，何胜昔的直播间人气一落千丈。有几次他趁我不在逃跑了，但是又因为他哥哥的病回来了。他们身上没钱，我把他的经济命脉控制得死死的。他哥就是他的弱点，想治病就得找我要钱，要不然就得受病痛折磨。他心疼他哥，所以他离不开我。想明白这点后他就不跑了。后来，我看他不跑了，也就不看着他了，这是大家共同的默契。

他越挣不来钱，我的手气越不好，欠了一屁股赌债。看到他我就来气，没事就打他两顿解解气。我在他哥身上可没少花钱，打他他也得受着。就在这个时候，梅花出现了。我调查了梅花的背景。她爷爷给她留下了一大笔遗产，她很有钱，而且刚刚离异，年纪比何胜昔大几岁，生活独立，有工作能力。越是这种越好下手。何胜昔这小子倒是挺会"来事"的。梅花刚来就把她设置成了管理员。看来，这挨打还给他打开窍了，他还知道主动留住守护大姐了。

因为我以前开过侦探事务所，对于调查人还是很在行的，我有很多手段。后来，我对梅花进行了详细的调查，不仅涉及她本人，还包括她身边的人，比如杜嘉、梁欢和林伟。这三个人里最大的障碍就是杜嘉。梁欢和林伟比较单纯，没什么防备心。杜嘉就不一样了，她也是离异，还有个孩子，所以她看待事情会更加谨慎和复杂。事实确实如此。几次都是杜嘉出面阻拦梅花和何胜昔来往，她总是劝阻梅花。这个女人总是坏我的好事。我几次想要出手教训她，但都没有成功。

有一次，我跟踪杜嘉，发现她和一个男人单独约会。我之前看过她前夫的资料，我很确定这个男人不是她前夫。后来，杜嘉和这个男人分开后，竟然偷偷跟着男人到了宾馆。我习惯性地拍下她和男人一前一后进入宾馆的照片。后来调查得知，这个男人竟然是有家室的。我知道整她的机会来了。

我找机会把照片给了那个男人的老婆。那个男人的老婆可不是轻易惹得起的人物。果然，事情闹到了杜嘉那里。我在杜嘉美容院的马路对面等着看好戏。那个男人的老婆一进去就给了杜嘉一个耳光，看得我特别高兴。我正等着看后面的大戏呢，谁知，一两个小时过去了，她们竟然乐呵呵地一起出来了。什么情况？她们和解了？这个女人果然不好对付，看来这次我失算了。

还有一次，我夜里跟踪杜嘉，本想给她点颜色看看，当时真的差点得手。谁料林伟突然出现，和我正面交手，害得我差点暴露身份，幸好我跑得快。那次之后，我就不敢在他们面前露面了，害怕他们通过蛛丝马迹追查到什么。我也更加谨慎了，跟踪的时候尽量隐蔽自己。因为一旦暴露，就会彻底引起他们的怀疑，在钱没到手之前，绝不能再让这种事儿发生了。想教训这个女人，以后再找机会吧！

（2）

何胜昔和梅花的接触过程还算顺利，中间虽然有几次吵架，但也可以看作是磨合的过程吧。好在每次他们都能化解矛盾，和好如初；更增进了感情，也算没有浪费我的一番心血。不过，这个梅花一生气就跑到苏静的直播间去，我经常用小号偷偷看她们的聊天内容。这些女人聊天的内容我大多不懂。

直播间里，守护的大哥大姐和主播之间多数是精神恋爱。很多人在现实生活中不如意，有的像梅花那样刚离异，有的婚姻名存实亡，为了孩子勉强维持着，还有的为了在直播间里装成有钱人不惜借贷款来刷礼物。这些守护者来自各行各业，有农民工，有包工头，有卖车、卖房、卖地来支持自己喜欢的主播的……网上真是啥人都有。

很多主播的"薅票"能力很强，只要看见守护的大哥大姐进来，就一把接一把地发起连麦 PK。平时，主播们用尽招数让粉丝刷礼物。在我看来，所谓的守护者不过是个虚名，没钱啥都白扯。

何胜昔的"薅票"能力还行，但就是不来大姐。他那种吊儿郎当的德行，其实挺招人喜欢的，但他故意跟我唱反调，不好好哄守护者们开心。他总是给自己找理由，说这没感觉，那不喜欢的。其实，只要弄到钱要啥样的没有？蠢货！

有一次，我在美容院监视梅花、杜嘉和梁欢她们，隐约听到她们在争论关于亲人的话题。亲人有什么用？像何胜昔的哥哥，简直就是个拖油瓶，他给我带来过一点好处吗？何胜昔也不咋样，我看这个小冤家将来有机会肯定要脱离我，所以在那之前，我得从他身上狠狠地捞钱。当时，我听她们聊得正欢，就借机用何胜昔叔叔的名义给梅花发了条私信，为接下来接近她做铺垫。

没过两天，何胜昔跟我说梅花要跟他见面奔现。好在何胜昔脑子反应快，以他哥哥生病住院为借口推托过去了。正好可以借他哥哥的病情为由头，往钱上面引导，让梅花更加相信何胜昔处境艰难。没承想，梅花竟然主动给何胜昔转个红包，说按照她老家的习俗，亲人生病都要去看望一下，但因为身处异地，她不能亲自来看，就发个红包表示下心意。这女人都主动送上门了，我让何胜昔收了那个红包。他还有点担心转账途径有问题，真是胆小。这点钱算什么，后面处理干净就行。

这个申城也总是出来搅局。后来我得知梁欢和申城在谈恋爱，就挑了个梁欢在的时间，故意用别的小号装作申城的粉丝，去他的直播间跟他搞暧昧，气得梁欢跟申城吵了一架。我就是想给他们点教训，别坏我的好事。这些人生活太闲了，应该忙活自己的事情去。

(3)

最近我的手气很不好，在赌桌上把把都输。那帮王八蛋，老子就是最近周转不开而已，有什么好催账的。不行，我得加快何胜昔和梅花的发展速度。催债？行，那就来一出催债上门的戏码！

我趁何胜昔直播的时候，安排了几个人到他那里假装催债。他也很配合这出戏，假装发生争执、砸东西什么的，然后再假装受到威胁中断直播。他这一中断，那些粉丝在群里都炸开了锅，一直问到底发生了什么事。还有人问要不要替何胜昔报警。还是小蝴蝶懂事，一直在群里安抚众人的情绪。

其实这出戏就是演给梅花看的。断播后，我让何胜昔把手机关机，就是要让梅花着急。梅花倒也机灵，让桂圆儿联系我的小号。我想了想，就让小无所依跟梅花联系。小无所依办事还是很靠谱的，我让她告诉梅花，何胜昔的哥哥以前赌博欠债，逾期没钱还，他哥哥在这段时间又生了重病，正在医院等着做手术，连手术费都凑不够，哪还有钱还债。医院管得严，现在债主只能找何胜昔讨债了。

梅花非常关心何胜昔，一直询问他怎么样了。小无所依告诉她，何胜昔没事，只是那些人把家里砸了。见何胜昔实在没钱就让他签了欠款利息的协议，并警告他半个月内把钱还上。

我看着小无所依截屏发给我的她和梅花的聊天截图，不得不承认，小无所依这女人挺厉害的，编故事的能力真强。以后好好培养她一下，说不定能成为一个不错的赚钱工具。

骗梅花说有两百三十万元的欠款，梅花到底能给何胜昔解决多少呢？不行，我还是得去盯着她点。

第一天，梅花在家没有出门。

第二天，梅花去了银行、律师事务所、老同学的公司……其间，她不停地打电话，银行、律师和朋友，这是她联系最多的，都是在谈她要用钱的事。看来这笔钱快要到手了，但是在这个节骨眼儿上我还是得再盯紧点儿，千万不能出差错。

第三天一早，我刚睁开眼，手机短信就来了几条消息，是给梅花留的收款账户到账了，分几笔转账，总金额二百三十万元。

"这娘们儿真把钱转来了！"我一下子从床上坐了起来。

今天可真是个大喜的日子啊！哎，不行，这钱还是先不能动，防止她耍诈报警，引我入局。我还是再盯她两天，稳妥一些。

我坐在自己的车里跟踪梅花，她开车明显心不在焉。看到梅花被警车叫停，我也捏了一把汗，应该不是我暴露了。只见她下车和警察交涉了一番，原来是她违章了。解决完她刚要上车离开，我看到申城突然出现，并上了她的车。我有种不太好的预感，幸好之前在梅花车上装了窃听器，我赶紧戴上窃听耳机。

申城的声音传来："你是不是因为何胜昔的事儿啊？"

梅花的声音有些低沉："嗯，他好几天没消息了。"车子发动，缓缓行驶。

申城说："他哥欠那么多钱，这事儿不好办，你还是离他远点吧！"

梅花没有说话。

申城又说："你……不会想帮他吧？"

梅花说："嗯，对。"

申城明显急眼了，说道："你不是吧！这么多钱，你怎么帮啊？我跟你说啊，主播里不靠谱的太多了，像我这么靠谱的太少了，这水深着呢！"

梅花没说话，那边沉默了片刻。

突然，申城大声说："姐，你不会……已经帮了吧？"

梅花半天才说："嗯。"

申城说："不是吧！这么大一笔钱，你说帮就帮啊？你平时看起来挺理智的一个人，怎么也这么恋爱脑呢？"

梅花说："你别跟欢子和林伟他们说。"

申城说："你不怕他是骗你的吗?"

梅花说："我相信他。"

申城说："钱是怎么转的,你跟我说说。"

梅花说："转到了他叔叔那里,小无所依那边确认过身份了,都没问题。"

申城生气地说："你跟他都没见过面,你就敢给他转这么多钱,你疯了吗?"

梅花也急了："那我也不能见死不救啊!马上到店里了,你跟谁都不能说这件事,听见了吗?"

申城气得叹了口气,说："嗯,知道了。"

我强忍着怒火听完他们的对话,这个梅花怎么能把转账的事情告诉申城呢!这个申城可没梅花这么无脑,万一他从中作梗,事情可就麻烦了。不行,我得给他点教训!

(4)

何胜昔天天催着我给他哥哥交手术费。交什么手术费!老子这几天运气不佳,输了好多钱,他还好意思来催我,把我的运气都催差了,真是烦透了!我压着火气糊弄他,告诉他最近先不要直播,也不要跟任何人联系。梅花出手这么大方、这么好骗,应该再来一票大的,对,就该这么干!

何胜昔想收手,我借机告诉他申城知道了梅花转钱的事。

现在想抽身没那么容易，必须先把申城解决掉。而且，我跟他讲了我的新计划：既然梅花拿钱这么痛快，我们不妨再干一票大的，把梅花榨干再走。何胜昔不同意，他觉得这些钱已经很多了，再干下去风险太大。听到他在电话里这么说，我气不打一处来，这个没出息的玩意，真是个窝囊废！

何胜昔连续好几天没开播，我让小无所依对外放出消息："何胜昔的哥哥欠了不止那两百多万元，还有一大笔欠款。债主知道他们有还款能力后，都堵到他们家门口了。"前戏铺垫得差不多了，接下来就是慢慢等着梅花上钩。

就在我监视梅花的时候，突然看到梅花在剧场被警察带走。我几番打听才弄明白，原来是跟梅花她爷爷梅大山有关，有人举报梅大山疑似参与了当年十二生肖兽首的盗卖，警方要冻结梅花的全部资金账户。

真是倒霉！现在别说拿到钱了，就怕警察顺藤摸瓜查到我们这里。不行，得准备后路了。我告诉何胜昔一个新的住处，作为我们随时撤退的藏身地点。

几天后，我准备好了撤退方案。为了避免引人注意，我选择在半夜收拾好东西撤离。谁知，在路上我竟然被一个骑摩托车的拦了下来，他的车坏在半路了，这条路前不着村后不着店的。我想了一下，为了不引起注意，还是摇下车窗。一张熟悉的脸映入眼帘，竟然是申城。真是冤家路窄，我正愁没机会收拾他呢，他倒好，主动送上门了。

他让我下车帮忙修车。我戴好口罩，打开车门，把帽檐压低，拿了根棍子下了车，看了看四周，确认没有监控。

申城招手让我过去，他在车边蹲着，看着车说道："哥们儿，你帮我看看这个车你会不会修，我对象催我赶紧回去……"

话音未落，我手中的棍子重重地打在了他的头部，"都是你他妈耽误事儿，小崽子，看老子今天不好好收拾你……"

谁知申城直接跪倒在地，一动不动。我觉得事有蹊跷，小心翼翼地上前查看，发现他已经断气了。我吓得一屁股坐在地上，看着手里的棍子，喃喃自语："我只是想给他个教训，他怎么就死了！"

我惊慌失措地收拾好现场，把申城的尸体扔到河沟里，然后火速逃离现场……

38
小无所依

我是小无所依，何胜昔的女人。确切地说，我喜欢何胜昔，这份爱持续了很久很久，我也一直陪伴在他身边。我经常对他讲："胜昔，无论什么时候，都有我为你守护。"而且，我也做到了，一直在用我的方式守护着他。

我在何胜昔直播间的粉丝灯牌已升至20级了，别的主播看到这么高的级别，都知道挖不动我，我也很骄傲可以成为胜昔这么重要的人。本以为可以一直这么开心下去，但是胜昔的桃花太旺了，而且他叔叔总是想利用何胜昔赚更多的钱，所以直播间总有新来的守护者。每次新来一个，最后都会被我暗中解决掉。唯独这次的梅花，我感觉胜昔对她有些不一样。她第一次来，胜昔就给她设置了管理员权限，而我在胜昔这里待了好久才被设置成管理员。从那以后，我就看她很不爽了，所以我必须想办法把她弄走。

梅花是从二博直播间过来的。我用小号给二博发私信，告诉他梅花离婚的事，还说了一些挑拨的话激怒二博。果然，二博来胜昔直播间找碴儿了，没想到这个废物帮着郭 88 打胜昔，反倒给了梅花表现的机会，那之后她跟何胜昔的关系更近了。

我私下接近梅花，先说一些让她放松警惕的话，告诉她我们都是胜昔的忠实粉丝，只是我在国外而已。慢慢地，我经常给她发一些以前帮着胜昔打 PK 的视频，视频里都是胜昔对我说的感谢和感动的话。梅花看了当然有些不开心，我就是故意让她吃醋，这样她去跟胜昔闹，我才能坐收渔利。

谁知道事情进展得不顺利，他们两个不仅没有闹掰，反而关系越来越好。胜昔一定是为了票，维护守护粉丝而已。我只好暂时忍耐，同时给胜昔出主意，让他用一些 PUA 的方式来维护梅花这个刷票粉丝。胜昔似乎听进去了，每天早晚问候她，慢慢让梅花对他形成精神依赖，然后再时不时地打击梅花。

本来一切都还算可控，直到小蝴蝶告诉我梅花可能有想要跟胜昔见面的意思。这个女人真是疯了，她竟然想见何胜昔，我都没见过！她凭什么见！我努力抑制住怒火，转念一想有了主意。我让小蝴蝶给梅花发一些男主播奔现车祸现场的视频，还有榜一大姐 P 图的视频，暗示何胜昔可能很丑，试图打消她见面的念头。但好像不太奏效。我突然想起何胜昔的叔叔，他还指着胜昔赚钱呢，肯定不会轻易让他们见面。于是，我告诉他梅花有想见面的想法。后来，他们果然没见成。

胜昔的叔叔是个贪财鬼，想骗梅花的钱，这点我倒很支持，我也没少暗中帮忙，时不时跟何广路说直播的时候欠债的人可别来，其实是在引导他弄一出直播时被上门催债的戏码。何广路倒也不笨，真就安排了这么一出戏，戏的效果还可以，之后梅花真的给他们转钱了。

然而，这之后何胜昔就变了。我打电话问他是不是爱上梅花了，他愤怒地挂断了我的电话。要知道，这是我第一次给他打电话，我守护他这么久，他却这样挂断了。

我给他发信息道歉，发了很多，我泣不成声，何胜昔过了很久才回复一条："叔叔要带我走了，以后不直播了，你保重。"

看着何胜昔冰冷的文字，我彻底崩溃了，都是因为梅花这个坏女人的出现！好，既然如此，那就谁都别想走。

我之前就托国内的朋友调查过梅花的背景，她的爷爷梅大山似乎曾经参与过当年十二生肖兽首的盗卖。我举报之后，梅花的全部资金账户被冻结。警察一定会顺着梅花的账户调查，然后牵出何广路和何胜昔诈骗的事，你们全都会完蛋！

我守护了你这么久，你为什么要这样对我……

39

三年后

"杀害申城的逃犯何广路已经落网，何胜昔因为诈骗被判了三年。你爷爷的事情也都调查清楚了，他当年并没有参与倒卖事件，您的账户已经恢复正常了，感谢您的配合。"警察说道。

梅花长叹了一口气，走出派出所的大门，手机里收到了漂亮的桂圆儿发来的私信："梅姐，听说胜昔和他叔叔被抓之后，小无所依就自杀了，群里都传疯了……"

三年后，在一家情侣餐厅里，梅花和一位看起来很斯文的男士面对面坐着。梅花的手机铃声响起，她接起电话。

"杜嘉，你在哪里？不是说好跟我一起吃饭吗？你给我解释解释这是什么情况？"梅花压低声音质问电话那头。

"哎呀，解释什么呀，给你安排的相亲呗。你都多久没恋爱了。梁欢忘不了申城可以理解，你这陪跑算怎么回事呀？人家小伙子挺好的，你好好认识一下，别跟我废话了……"杜嘉说完，直接把电话挂断了。

梅花很尴尬地看了看对面的男士。

男士推了推眼镜，说道："你是有忘不了的人吧？"

梅花突然愣住了。

男人笑着继续说道："我没别的意思，我也有这样一个忘不了的人。我们这个年纪没结婚，都有各自的故事吧。"

梅花无奈地摇摇头，笑了下，说："嗯……我从小就没有父母，爷爷告诉我天上的每颗星都对应着一个人，有爸爸妈妈的星星，有爷爷的星星，也有我自己的星星。我曾经想着当那颗最亮的、最被人需要的星星，也遇到过很需要我的人。那一刻我觉得自己很有价值。被人需要，你知道这种感觉吗？很幸福……虽然很多人告诉我这不是幸福，是骗局，但我还是体会到了被需要的幸福感。当然，这幸福很短暂……"

梅花说着，眼睛里带着笑意，也带着一丝泪水。她再看看对面的男士，意识到自己有些失态，连忙道歉："不好意思，想到过去我有点激动……"

"没事没事，我理解。"男人很绅士地微笑着，递过一张纸巾给梅花。梅花接过纸巾，轻轻擦了擦眼角的泪水。

突然，前台接待处传来一个很熟悉的声音："你好，我是来面试的，我叫何胜昔……"梅花惊讶地顺着声音看了过去……

（完）